中华

ZHONGHUA HUN

魂

百部爱国故事丛书

独自成千古　悠然寄一丘

——国画大师张大千

孙佩珊　编著

吉林人民出版社

图书在版编目（CIP）数据

独自成千古 悠然寄一丘：国画大师张大千 / 孙佩
珊编著 . -- 长春：吉林人民出版社，2011.3（2021.8 重印）
（中华魂·百部爱国故事丛书）
ISBN 978-7-206-07560-5

Ⅰ . ①独… Ⅱ . ①孙… Ⅲ . ①故事—中国—当代
Ⅳ . ① I247.8

中国版本图书馆 CIP 数据核字 (2011) 第 032605 号

独自成千古　悠然寄一丘
——国画大师张大千
DUZI CHENG QIANGU　YOURAN JI YIQIU
——GUOHUA DASHI ZHANGDAQIAN

编　　著：孙佩珊

责任编辑：金　鑫　　　　　封面设计：孙浩瀚
制　　作：吉林人民出版社图文设计印务中心
吉林人民出版社出版 发行（长春市人民大街7548号　邮政编码：130022）
印　　刷：北京一鑫印务有限责任公司
开　　本：787mm×1092mm　　1/16
印　　张：8　　　　　字　　数：64千字
标准书号：ISBN 978-7-206-07560-5
版　　次：2011年3月第1版　　印　　次：2021年8月第2次印刷
定　　价：35.00 元

如发现印装质量问题，影响阅读，请与出版社联系调换。

总　序

　　《中华魂》是一套故事丛书。它汇集了我国自鸦片战争以来一百八十余年间的近百位民族英雄、仁人志士、革命领袖、先进模范人物的生动感人事迹，表现了他们作为中华儿女的伟大的爱国主义精神。

　　爱国主义是人们对于"生于斯、长于斯、衣食于斯"的祖国的一种神圣感情，是人们对于自己民族的一种强烈的责任感和使命感，是感召和激励整个中华民族的一面永不褪色的旗帜。在一百多年的中国近现代史上，爱国主义一直激励着中华儿女为祖国的独立、统一、进步和繁荣而英勇奋斗。从"苟利国家生死以，岂因祸福避趋之"的林则徐，到"我自横刀向天笑，去留肝胆两昆仑"的谭嗣同；从"铁肩担道义，妙手著文章"的李大钊，到"青春换得江山壮，碧血染将天地红"的赵一曼；从"县委书记的好榜样"的焦裕禄，到"问鼎长天，扬我国威"的邓稼先……都表现出了强烈的爱国主义精神。正是由于热爱祖国的人们前仆后继地奋斗，国家和民族才得以生存，才能够在一次次历史危急关头转危为安，走向兴盛和富强，从而屹立于世界民族之林。爱国主义是鼓舞中华儿女历经忧患、跨越沧桑、百折不挠、自强不息的伟大力量，它贯穿于中华民族的整个历史，并有力地凝聚着五洲四海的中国人。

　　爱国主义是一个历史的范畴，在社会发展的不同阶段、不同时期有不同的具体内容。革命时期，需要我们为祖国的独立自主出生入死；建设时期，需要我们为祖国的繁荣富强增砖添瓦。在全国各族人民团结一心，开启全面建设社会主义现代化国家新征程的今天,我们要争做一名新时期的爱国者。新时期的爱国者要有强烈的民族自尊心、自豪感。民族自尊心、自豪感是任何时期、任何爱国者都必须具备的情感。民族自尊心能增强我们自立向上的恒心,民族自豪感能树立我们建设祖国的信心。要树立"祖国高于一切"的崇高信念,为了祖国和人民的利益不惜抛却个人的利益,甚至不惜牺牲个人的生命。我们要树立终身学习的理念,拓宽自己的知识面,广泛吸收新知识、新技术,完善自身的知识结构,更新学习知识的方法与理念,从思想上、知识上充分武装自己,为祖国的繁荣昌盛贡献力量。

爱国主义思想的继承和发扬,是关系到民族盛衰、国家兴亡的根本问题。爱国主义思想情操的形成,需要不断地培养。培养爱国主义精神的一个重要途径是向英雄人物和典范事迹学习和致敬。这套丛书的出版,对于青少年向英雄和先进人物学习,特别是对于在中小学生中进行爱国主义教育是不可多得的生动的教材。祝愿此书出版发行成功,为培养时代新人做出贡献。

胡维革

中华魂
百部爱国故事丛书

编 委 会

策　划：胡维革　吴铁光

　　　　林　巍　冯子龙

主　编：胡维革　邢万生

副主编：贾淑文　杨九屹

编　委：（按姓氏笔画为序）

　　　　于二辉　刘士琳

　　　　刘文辉　孙建军

　　　　李艳萍　吴兰萍

　　　　谷艳秋　隋　军

见闻广博，要从实际观察得来，不只单书本，两者要相辅而行的。名山大川，熟于胸中，胸中有了丘壑，下笔自然有依据，要经历的多才有所获。

——张大千

目　录

中华**魂**百部爱国故事丛书
ZHONGHUA HUN

张大千的生平

张大千原名正权，后改名爰，字季爰，号大千，别号大千居士、下里巴人，斋名大风堂。四川内江人，祖籍广东省番禺，1899年5月10日（清光绪二十五年农历四月初一），出生于四川省内江县（今内江市）城郊安良里（象鼻嘴堰塘湾）的一个书香门第的家庭。传说其母在其降生之前，夜里梦一老翁送一小猿入宅，所以在他21岁的时候，改名爰，又名爱、季爰。后出家为僧，法号大千，所以世人也称其为"大千居士"。张大千是20世纪中国画坛最具传奇色彩的国画大师，尤论是绘画、书法、篆刻、诗词无所不通。早期专心研习古人书画，特别在山水画方面卓有成就。后旅居海外，画风工写结合，重彩、水墨融为一体，尤其是泼墨与泼彩，开创了新的艺术风格。他的治学方法，值得那些试图从传统走向现代的画家们借鉴，是一位深受爱戴的伟大艺术家，特别在艺术界更是深得敬仰和追捧，艺术家们都用真挚的感情在绘画和雕塑上，

独自成千古　悠然寄一丘

张大千

刻画了许许多多可亲、可敬的"张大千"，为人们展现了张大千多彩的艺术形象。父张怀忠，早年从事教育，后从政，再改盐业。母曾氏友贞，善绘事，姊名琼枝，亦善画。兄弟10人，二兄张泽，别号虎痴，以画虎名于世。张大千排行第八，7岁启蒙课读，9岁习画，12岁能画山水、花鸟和人物，见者呼为神童。13岁就读于新式学堂，至19岁与仲兄张泽留学日本京都，学习绘画与染织。1919年返上海，拜曾熙为师，因未婚妻谢舜华去世，痛而在松江禅定寺出家，法号大千。3个月后还俗，奉命归川，与曾庆蓉结婚。婚后重返上海，从师于李瑞清。曾、李二师以清末遗老提倡书法、绘画，对他影响颇深。曾熙始为他取名曰"猨"（亦写作"蝯"），省作"爰"。张大千在上海结识吴昌硕、黄宾虹、王震、冯超然、吴观岱、吴待秋、吴湖帆、郑午昌等。1924年，在上海首次举行个人画展。1929年筹办全国美展，任干事会员。1931年，与兄张泽一同作为唐宋元明中国画展代表赴日本。次年，全家移居苏州，住网师园。其时，张大千潜心于历代名家杰作，尤沉醉于石涛，凡能得见，靡不心摹手追。1933年，应南京中央大学校长罗家伦、艺术系主任徐悲鸿之邀，任中央大学艺术系教授，转年即辞职，专事创作。1936年，上海中华书局出版《张大千画集》，徐悲鸿作序，推誉"五百年来一人千"。1938年，经上海、香港返蜀，居青城山上清宫，临摹宋元名迹。1940年，赴敦煌莫高窟临摹历代壁画，前后共计2年零7个月，共临摹276幅，并为莫高窟重新编号。1943年，出版《大风堂临摹敦煌壁画》。敦煌之行，轰动了文化界，促进了艺术家、史学家对发掘敦煌宝藏的兴趣。抗战胜利后，张大千的作品先后在巴黎、伦敦、日内瓦和

独自成千古 悠然寄一丘

国内各地展出，声名大振。1949年，暂居香港，游台北，次年应印度美术会之邀赴新德里举行画展，并留居印度大吉岭年余，其间曾去阿旃陀石窟临摹壁画，以之与敦煌莫高窟壁画做比较研究。在印期间所绘作品多精细工笔，且有《大吉岭诗稿》1卷。1951年返港，翌年迁居阿根廷；1953年，再移居巴西，在圣保罗购地150亩，建中国式庄园——八德园，留居17年。1955年，所藏画以《大风堂名迹》4册在日本东京出版。1956年，首次欧洲之行，赴法国与毕加索会见。1957年，以写意画《秋海棠》被纽约国际艺术学会选为世界大画家，并荣获金奖。此后，又相继在法国、

张大千与毕加索的合影

比利时、希腊、西班牙、瑞士、新加坡、泰国、德国、英国、巴西、美国及中国香港等办画展。1969年，迁居美国旧金山，修园名曰环筚庵。居美10年，是张大千创作的鼎盛期。1972年，在旧金山举办四十年回顾展。1973年，捐赠作品108幅给台北历史博物馆。1974年，获美国加州太平洋大学名誉人文博士学位。1978年，移居台北，于台北外双溪筑"摩耶精舍"。晚年思乡而不得归，于1983年4月2日因心脏病逝世。

传 奇 一 生

张大千是天才型画家，其创作达"包众体之长，兼南北二宗之富丽"，集文人画、作家画、宫廷画和民间艺术为一体。于中国画人物、山水、花鸟、鱼虫、走兽、工笔，无所不能，无一不精。诗文真率豪放，书法劲拔飘逸，外柔内刚，独具风采。张大千的画风，在早、中年时期主要以临古仿古居多，花费了一生大部的时间和心力，从清朝一直上溯到隋唐，逐一研究他们的作品，从临摹到仿作，进而到伪作。他是历来画家中，学习古名家数量最多、最博的画家。在笔墨技法的训练上，他也是获得古法精华最多、最好的画家；在表现技巧和风格上，他也是跨度最广的画家：

独自成千古　悠然寄一丘

从讲求笔情墨趣、逸笔草草的纯水墨写意，到金碧辉煌、色彩鲜艳的工笔画，甚至吸收了西方自动性技巧的观念，发展出个人风貌的泼墨、泼彩，创立了闻名遐迩的大风堂画派，成为中国画史上少见的全方位的画家。张大千的画风，先后数度改变，早年遍临古代大师名迹，从石涛、八大山人到徐渭、郭淳以至宋元诸家乃至敦煌壁画。在传统笔墨基础上，受西方现代绘画抽象表现主义的启发，独创泼彩画法，那种墨彩辉映的效果使他的绘画艺术在深厚的古典艺术底蕴中独具气息。张大千30岁以前"以古人为师"，画风可谓"清新俊逸"，50岁以自然为师，画风近"瑰丽雄奇"，60岁以后以心为师，达"苍深渊穆"之境，80岁后气质淳化，笔简墨淡，其独创泼墨山水，奇伟瑰丽，与天地融合，增强了意境的感染力和画幅的整体效果。晚年时历经探索，在57岁时自创泼彩画法，是在继承唐代王洽的泼墨画法的基础上，揉入西欧绘画的色光关系，而发展出来的一种山水画笔墨技法。可贵之处，是技法的变化始终能保持中国画的传统特色，创造出一种半抽象墨彩交辉的意境。

张大千不仅是一位具有国际影响的中国画大师，而且是一位极富个性、极富传奇色彩的人物。其趣闻逸事之多、流传之广，在古今中外画坛上也是极为罕见的。有关张大千的争议颇多，褒者称其为"石涛再世""当代第一大画家"等，贬者说"张大千破坏、盗窃了敦煌壁画""是被政坛捧出来的艺术大师"之类。这些争议时常见诸报刊，更有的还发生了笔墨官司。笔者认为，对一个知名人物常常有不同看法是无可非议的，但是一个艺术家的作品受到绝大多数人的欢迎，则需要我们去探讨和总结。半个多世纪以来，张大千的作品成为经久不衰、雅俗共赏的热门收藏品，其艺术才能和成就则更值得我们去研究。

张家曾是内江方圆百里显赫一族。张大千的父亲名怀忠，为人个性豪爽，讲究美食。不过在大千年幼时，家境极度清贫，其后慢慢经营累积，生意越做越大，家道还十分富裕殷实。他的母亲曾氏友贞是中国传统大家妇女的典型，不仅主持家务，兼亦擅长绘画与绣花。她治家严谨，家规重老尊贤，对幼有不得逾越僭妄的规矩，尤其注重，子女有过辄要罚跪，晨昏晚辈必向长辈请安，侍奉茶羹一沿旧风；这对张大千有很深的影响，他直到晚年仍对长者行跪叩大礼，也接受门生晚辈的跪拜，在谦辞时也常跪下回拜。"大千"这个名字，是他在1919年冬于松江禅定寺出家时，由住持逸琳法师为他所取的法名，出于佛经《智度论》卷七，是"三千大千世界"的略语。因为张大

敦煌壁画

千不愿接受烧戒，而且他家中长辈们反对他遁入空门，最后由二哥张泽从上海（或云杭州）将他抓回四川成婚。从此，张大千不再起意出家当和尚，而且前后一共娶了四位夫人。他虽然再也不当和尚，但是"大千居士"的名号，他却沿用终生。

张大千共有兄弟十人，都是单名，张大千行八。张大千幼年受擅长绘画的母亲和以画虎著称、自号"虎痴"的二哥张泽的熏陶指引，此时他的四哥张楫送他一本《芥子园画谱》，更增加张大千学画的兴趣。1917年，父兄送大千到日本京都艺专，学习染织。由于染织并非张大千的兴趣所在，因此他在课余自学绘画，一同赴日的二哥张泽也为他购买金石书画的参考资料，并且经常在书画方面指点他。再加上日本各寺院及博物馆公私收藏的中国画也相当丰富，甚至有一些国内较少见的画派、画家的藏品。这对他一生的艺事生涯，也有不可低估的影响力。张大千自日本学习染织告一段落后回到中国，返四川老家探亲，不久便和幺弟君绶同赴上海，先后拜入名师曾熙和李瑞清门下，从师学习诗词、书法，临摹"三代两汉金石文字，六朝三唐碑刻"。由于二师皆特别爱好石涛、八大山人，受二师影响，大千开始学画的同时，开始学八大山人画墨荷，效法石涛绘山水。张大千一生不断钻研学习石涛艺术，从而确定他的艺术道路，就是来自这一时期二师对他的影响。在书画鉴赏和收藏方面，张大千更是得益于二师的耳濡目染、传承亲授，二师把自己收藏的八大山人、石涛等历代名家的作品尽数出示给张大千，让张大千反复观赏、研究、临摹。通过两位名师的引荐，张大千结识了许多当时的"海派"画家，如任伯年、吴昌硕、"黄山画派"的梅清、南京的张风等诗书画名家，以及收藏和鉴赏家黄宾虹先生，大大增长他的见识，也渐渐广泛地学习古人。曾李二师对张大千的影响是巨大的，因此，在上海拜二师，是张大千一生艺术事业重要的起步关键和转折点。

1925年，张大千在上海宁波同乡会馆内，举办了

宣化上人和张大千居士合影照

他平生第一次画展，展出的作品以山水为主，共有100幅作品，每幅作品的售价一律定为大洋20元，展出没几天，他的100幅作品全部卖完。从此，张大千走上了以卖画为生的职业画家道路。在以后的卖画展中，他的画少则每幅以两（黄金）计，多则每幅以条（黄金）计。尽管价格昂贵，但作品每每告罄，销路极好，成为典藏家竞相寻觅的珍品。民国期间最为轰动的是，1948年张大千在上海成都路中国画苑内举行了近作展，共展出99件作品，绝大多数为工笔重彩，辉煌夺目。参观者人头攒动，拥挤不堪，纷纷争购，有些画还被复订三至五起，盛况空前。

　　1929年，三十而立的张大千已在文坛颇负盛名。这年4月，张大千以两幅作品参加第一届全国美术展览，并被推选为第一届全国美术展览会干事会员。同年春天，张大千作《三十自画像》。这是一幅四尺立轴，画中人宽袖长抱，漆黑的络腮胡，两眼圆黑，凝视前方。背景是一棵参天古松。其中有多少自信的神采，又有多少昂扬的意气？在这幅像上，先后有许多海内文坛画界名流题诗，包括曾农髯、杨度、黄宾虹、博心畲、陈散原、叶恭绰、谢稚柳、吴湖帆、沈尹默、徐悲鸿、方池山、谭延闿等32人。其中徐悲鸿的题诗是："其画若冰雷，其髯独森严。横笔行天下，奇哉张大千。"杨度题道："秀日长髯美少年，松间箕坐若神仙。问谁自写风流格，西蜀张爱字大千。"

1932 年，张大千为了安心作画，不受外界干扰，欲找一处山明水秀的地方怡情遣兴。于是，经张师黄介绍，张大千由上海迁往苏州网师园。自此，张大千的居住再也没有离开奇花异木的园林胜景。北京的颐和园、四川的青城山、昭觉寺、台北的"摩耶精舍"，再到巴西的八德园、美国的环荜庵，所到之处，张大千都要搜集奇石、种植花木盆景、豢养珍禽异兽，这些都为他的艺术成就提供了丰富的养料。在这闹中取静的名园中，张大

张大千的自画像

千的住宅里也如同在上海时一样，经常是座上客常满，杯中酒不空，"谈笑有鸿儒，往来无白丁"，名流云集，精英荟萃。章太炎、陈石遗、李印泉等前辈经常携杖而来，徐悲鸿也是常客。当时，谢稚柳先生也曾在网师园中小住，而叶恭绰先生更是与张大千朝夕相处，亲如一家。

张大千的雕刻

独白成千古　悠然寄一丘
——国画大师张大千

正当盛年的张大千一袭长袍，长髯拂胸，红光满面，意气风发，与名流们切磋琢磨，谈笑风生。而且总是一边谈一边作画，并不时讲解心得。讲究美食的张大千，只要兴起，便亲自下厨掌勺，做几道拿手菜，让客人弟子饱享自己的手艺。张大千不仅好客，而且豪爽侠气，古道热肠，仗义疏财。张大千一生朋友很多，不论是社会名流、军政要员、文人雅士、戏曲家，还是装裱师、厨师、司机中，都有张大千的朋友，而且均以诚招待，有求必应，有难即帮。张大千常书写的一副楹联是："佳士姓名常挂口，平生饥寒不关心。"上联表示他平生与人为美的一贯襟怀，下联是说他时富时贫，口袋里往往不名一文。为接济朋友、收购古画及其他心爱之物，张大千往往是挥金如土，寅吃卯粮。他自己常言，千金散尽还复来。人说他"满架皆宝，一身是债""贫无立锥，富可敌国"，就是对他既穷且富的生动写照。

1933年5月1日，应欧洲各国的邀请，由徐悲鸿组织的"中国近代绘画展览"在法国巴黎市中心公各尔广场的国立美术馆正式展出，引起强烈震动。法国教育部长、外交部长及各界要人前往观看。这次画展以徐悲鸿、齐白石、张大千、高奇蜂、王一亭等中国近代著名画家的作品为主要内容。张大千的《金荷》同徐悲鸿、齐白石等人的12幅作品被法国政府购藏，并在国立外国美术馆辟"中国近代绘画展览室"陈列。随后，画展又应邀前往德国、比利时、意大利、苏联等国展出。张大千的《江南景色》被莫斯科国立博物馆收藏。这是张大千的作品首次在国外展出。对此，徐悲鸿在《张大千画集序》中说："大千代表山水作家，其清丽雅逸之笔，实令人神往。故其《金荷》藏于巴黎，《江南景色》藏于莫斯科国立博物院，为现代绘画生色。"此次展出对弘扬中国文化起到了良好的促进作用。荷花与山水画都是张大千的绝活，徐悲鸿赞张氏荷花"前无古人"。张大千爱荷、养荷、观荷、画荷，他十分赞赏八大山人画的荷花，有大荷花的景象，不是搞几枝花叶的拼凑。大千深得八大山人用笔章法气势，并常临塘观察、写生，取法自然。八大山人画荷多用湿笔，张大千兼用渴笔。湿笔墨活、浓郁、深厚、凝敛而不滞，渴笔飞白、苍劲、流畅、华滋而不枯。张大千兼工带写，采用淡彩、水墨、泼墨、泼色等方法，能够画出荷花在风、晴、雨、露中的各种姿态。所画荷叶泼墨与渴笔兼用，卷舒自若，层次深厚；荷干亭亭玉立，气势挺拔。张大千的墨荷尤其与众不同，他常常用草书笔法为之，行笔奔放，一气呵成。特别是画荷梗子，以圆笔中锋，一泻数尺。有时画案

015

独白成千古　悠然寄一丘

国画大师张大千

较窄，他则叫人将纸向前方牵去，一笔由上往下，然后一笔由下往上。唰的一声两笔相交，毫无接痕，可谓神来之笔，令观者惊叹不已。20世纪30年代他曾住北京颐和园，花很长时间在湖畔观察荷的千姿百态，研究它的生长规律，又学习石涛、八大山人等古代名家手法，使他笔下的荷花形态各异，多姿多彩，或正、

倚、俯、仰，或静、动、离、合，或大、小、残、雅，真是"映日荷花别样红""风吹荷叶十八变"，让人赏心悦目。

1933年，张大千应南京中央大学校长罗家伦和艺术系主任徐悲鸿的邀请，任中央大学艺术系教授。当时的中大艺术系可谓人才济济，徐悲鸿、吕凤子、张书旂、潘玉良、陈之佛、汪采白、常任侠等有声望的画家都在这里任教，张大千则以其笔墨雄肆、气韵朴厚的山水风景在侪辈中独树一帜。每星期轮到张大千上课，他总在天刚亮即起床，坐上黄包车直奔火车站，然后乘火车去南京。此时，学生们已在艺术系的大画室中恭候这位长胡子老师。张大千来到大画室，就开始在画案上作画，一边画，一边讲，谈笑风生，深入浅出，从构思、立意、观察、写生到布局、色彩等无所不讲。关于绘画的写实与境界，张大千讲道："画一种东西，不应当求太像，也不应当故意求不像。求它像，当然不如摄影，如求它不像，那又何必要画它呢。所以一定要在像和不像之间得到超物的天趣，方算是艺术。正是古人所谓遗貌取神，又等于说我笔底下所创造的新天地，叫识者一看自然会辨认得出来。我看到真美的就画下来，不美的就抛弃了它。谈到真美，当然不单指物的形态，是要悟到物的神韵。这可引注王摩诘的两句话：'画中有诗，诗中有画。'画是无声的诗，诗是有声的画，怎样能达到这个境界呢？就是说要意在笔先，心灵一触。就能跟着笔墨表露在纸上。所以说'形成于未画之先'，'神留于既画之后'。"

关于学习绘画，张大千讲道："作画要怎样才得精通？总括来讲，着重在勾勒，次则写生，其次才是写意。不论画花卉、翎毛、山水、人物，总要了解物、情、态三事。先要着手临摹，观审名作。不论古今，眼现手临。切忌偏爱。人各有所长，都应该采取，但每人笔触天生有不同的地方，切不可专学一人，又不可单就自己的笔路去追求，要凭理智聪慧来摄取名作的精神又要能转变它。"

画家协会合影，前排左三为张大千

1936 年，《张大千画集》第一次由上海中华书局出版。张大千请画贯中西的徐悲鸿作序，序的题目为"五百年来第一人"。

20 世纪

张大千（右）与于右任（左）的合影

30 年代，对张大千来说是一个非常重要的阶段，张大千遍游名山大川，结交海内文坛画界名宿。在张大千游历过的名山大川中，他始终把黄山推为第一，曾三次登临。张大千之所以偏爱黄山，主要来自于石涛的影响，黄山既为石涛之师，又为石涛之友。张大千说："黄山风景，移步换形，变化很多。别的名山都只有四五景可取，黄山前后数百里方圆，无一不佳。但黄山之险，亦非它处可及，一失足就有粉身碎骨的可能。"张大千在 50 岁之前遍游祖国名山大川，50 岁之后更是周游欧美各洲，这是前代画家所无从经历的境界。张

独自成千古 悠然寄一丘

——国画大师张大千

大千先后在我国香港、印度、阿根廷、巴西、美国等地区和国家居住，并游遍欧洲、北美、南美、日本、朝鲜、东南亚等地的名胜古迹。所到之处，他都写了大量的记游诗和写生稿，积累了取之不尽、用之不竭的创作素材，为他日后艺术的创新创造了良好的条件。他在更广泛地研摹古代名家作品的同时，开始有自己的面目出现。"南张北溥"的提出，使张大千在画坛上的地位渐显煊赫。这一时期对张大千来说，既是一段安宁的日子，又是一段动荡的岁月。所谓安宁，是指张大千在网师园及青城山期间有相对安宁的读书、作画环境，但民族危机感时时萦绕在张大千心头。而且张大千被日本侵略者困居北平，最后历尽艰难，逃脱

张大千《爱痕湖》

虎口，回到四川。这更是一段动荡不安、惊心动魄的经历。1937年，日军发动卢沟桥事变，占领北平，后来日本兵封锁颐和园，把园中居民赶到排云殿前。日军一名大佐，把留有大胡子的张大千认成是国民党监察院长于右任，要将他押到宪兵队去。张大千辩解说："于右任是书法家，不会画画。我是张大千，是画画的，不信我画给你看。"日军大佐点了点头，于是，张大千便打开画夹，提起画笔，蘸着墨汁，几笔就勾出了一只大螃蟹，舞爪瞪眼，口吐白沫。此时，日军大佐知道他确是著名画家张大千，便皮笑肉不笑地说："你不要走的，留着画画的好。"正在这紧急时刻，杨宛君乘坐红十字会的汽车直闯入园中，紧跟着穿白大

独自成千古 悠然寄一丘

——国画大师张大千

褂的大夫走过来说："不行，他患了传染性肝炎，会传染的，请你们离开，医院已派专车来接他了。"日本大佐一听，慌了手脚，想着张大千也跑不了，一挥手，杨宛君和大夫便挽着张大千登上救护车飞快地开走了。事后，张大千十分佩服杨宛君处变不惊、有勇有谋的胆量。

从清末到民初，中国的两大政治、经济与文化中心，一是北京，一是上海。当时的文学艺术界人士也主要集中在这两个地方。1934—1938年张大千举家迁往当时全国文化中心的北平（今北京），他找到了另一个新的舞台，并且在那里逐渐建立起自己的交友圈与名声。张大千凭着自己的才艺与为人，很快与北平的画家打成一片，赢得他们的友谊与佩服。1935年5月22日，于非在《北平晨报》上发表一则短文，标题就是"南张北溥"。从此张大千的知名度与北方的画坛领袖溥二爷齐名，说明大千至此已赢得全国性的知名度。

张大千1968年所作巨幅绢本泼彩，宽76.2厘米，长264.2厘米，画面描绘的是远眺瑞士亚琛湖所见。2010年5月17日晚11点半，经过近60轮激烈叫价，《爱痕湖》以人民币10080万元的天价成交，这也是中国近现代书画首次突破亿元大关，同时，这一价格也创出张大千个人作品成交新纪录，成为中国近现代书画市场价格新的里程碑。

《爱痕湖》是张大千继《长江万里图》之后的另一巨作，创作于1968年，为张大千《爱痕湖》系列中最精彩、尺寸最大的一幅。该作品于20世纪60年代曾获展于纽约、波士顿、芝加哥等地的著名画廊，2003年又获展于纽约大都会博物馆《两种文化之间》大型中国现代艺术展，是艺术史界公认的张大千泼彩山水最精彩的作品。

画面前景为青翠的山峦，后景则一泓湖水掩映其间，湖的后岸，又有淡墨、淡彩勾勒的屋舍。作品采用的手法为张大千开一代画风的"泼彩"：抽象的墨与彩"泼"出的山，如海浪般汹涌于画面；清晰、谨饬的房舍，则静处于"波涛"间。构思的宏阔与细节的清晰，有机地融为一体。这是张大千化用西方抽象派

《长江万里图》局部

独自成千古　悠然寄一丘

——国画大师张大千

艺术与中国传统文人艺术的水乳交融之作，也是以现代的语言，对北宋雄伟山水的现代性翻译，不仅是张大千的艺术臻于化境的象征，也是中国传统艺术最成功的"现代性突围"。1968年巡展后，张大千本人亲自将画作赠予收藏家。

张大千的书法艺术

张大千除了擅长山水、人物、花卉、翎毛和精鉴赏、富收藏及能诗文以外，书法也极有造诣。由于以画名行世，其独具风格的书法艺术往往被人忽视。

他的书法在年少时便受到家兄张楫的启蒙，弱冠之年自日本归沪，师从清末民初的著名书家李瑞清和曾农髯二人，潜心学习书画，为其以后的艺术道路奠定了扎实的基础。李瑞清，这位清末著名的文化官吏，学识深广。《清史稿》中称其"诗宗汉魏，下涉陶谢；书各体皆备，尤好篆隶"。张大千对李瑞清的书法情有独钟，并以超常的临摹天赋很快掌握了李的书法特点和精神，以至能够逼真地临摹其书作。

一次，张大千写了一副对联，拿给善摹李瑞清书迹的李健看，同时开玩笑地说，这是老师所书但未署款。身为李瑞清的侄儿，也曾在叔叔身边学了许多年的

嚴奇拄杖居雲郭

松下橫琴紛窟遍

兩端仁已注蒙亡之

大千張爰

李健，细细看了起来，竟然分不出其书作的真伪。李瑞清的门生有很多，但他对张大千格外器重，病重卧床无法写字时，社会上送来的笔单大多由张大千代书。

20世纪30年代以后，张大千的书法开始酝酿变化，在李和曾的基础上，转学多师，参以宋代大家黄山谷的笔势，追求拆钗和屋漏痕之妙，愈发跳荡灵动、清隽奇肆，形成了自家的风格。

张大千从李瑞清和曾熙二人的书艺中获得了精髓，又传授给了何海霞等人。何海霞之遇张大千，也正是他从"技"归于"艺"而通于"道"的转折。

早在20世纪30年代，何氏曾仿张大千的书体写过一幅字，出售后获得6元大洋。拜师张门之后，何氏不再假冒老师的字。当张大千谢世后，何氏也不再避讳"大千体"了，他一向认为乃师书画充满着雄强的生命之气，作为弟子，他当仁不让地要传袭，而且要创造性地传承。经过良师的点拨和自身的努力，何海霞也成为现代书画大师。

作为李瑞清的入室弟子，张大千的书艺在继承传统的基础上，融合了山水画的意境，达到了艺术上的精深境地。仔细鉴赏张大千的墨迹，看上去笔笔有力，但这种力并不是一味求其表面上的张扬外露和剑拔弩张，而是使力与感情相融合的、藏于笔墨之中的锥沙印泥之妙，可以说是达到了"骨力"与"内美"的和谐统一。

2010年5月17日晚11点半，在火热拍卖中的中国嘉德2010春拍近现代书画"借古开今——张大千、黄宾虹、吴湖帆及同时代画家"专场上，众所期待的张大千晚年巨幅绢画《爱痕湖》终于登场。经过几十轮激烈叫价，以人民币10080万元的天价成交，这也是中国近现代书画首次突破亿元大关，同时，这一价格也创出张大千个人作品成交新纪录，成为中国近现代书画市场价格新的里程碑。作为当晚第1125号拍品，此件作品于晚11点半左右上拍，当拍卖师报出900万起价后，即有数位场内和电话委托买家迅速加价，互不相让，众多场内藏家甚至都起立关注叫价情况，场内数次响起掌声，加价至4000万时，另一位买家直接出价5000万，随后加价至7100万时，还有新买家进入，最终，经过20余分钟紧张争夺，由一位电话委托买家以10080万元人民币将此名件收入囊中。

面壁敦煌临摹

自古以来，一个画家能否承前启后、功成名就，很大程度上得力于他传统功底是否深厚。张大千的传统功力，可谓前无古人，后无来者。他曾用大量的时间和心血临摹古人名作，特别是他临仿石涛和八大山人的作品更是惟妙惟肖，几近乱真，也由此迈出了他绘画的第一步。他从清代石涛起笔，到八大山人、陈洪绶、徐渭等，进而广涉明清诸大家，再到宋元，最后上溯到隋唐。

张大千临摹敦煌壁画

他把历代有代表性的画家一一挑出，由近到远，潜心研究。然而他对这些并不满足，又向石窟艺术和民间艺术学习，尤其是敦煌面壁 3 年，临摹了历代壁画，成就辉煌。这些壁画以时间跨度论，历经北魏、西魏、隋、唐、五代等朝代。

1937年七七事变，张大千困居北京，由于侮辱日军，一度被日军扣押起来。1938年5月，张大千逃脱虎口，只身离开北平，抵达上海。1938年底，张大千率家人来到四川青城山上清宫居住。青城山为道教圣地，也是高人逸士隐居之处、文人墨客流连忘返的地方。闲云野鹤，一派古风的张大千在经历一番劫难和动荡之后，飘然置身于这翠黛浓碧之中，怎能不令他身心舒畅，陶醉一番。两年的青城山隐居生活，张大千有一段相对较长的安定时间来潜心研磨诗文、画艺。如果说张大千30岁以前是"以古为师"，40岁左右是"以自然为师"，60岁以后是"以心为师"，那么，青城山的2年则是张大千"以自然为师"的顶点。从黄山、华山、金刚、雁荡、泰山、罗浮、阳朔、剑阁、峨眉等名山胜水一路走来，汇集于这锦绣万千的青城山中，激荡着他的艺术创作灵感，也激发了张大千的创作欲望。2年中他画了一大批山水花卉，总计共有1000余幅。此时的山水画，张大千把水墨与青绿融合起来，笔墨厚重，反映了蜀中山水的性格特征。其中的《青城山全景通屏》是张大千集中而系统地表现青城景色的巨作。1940年9月，张大千离开青城山，准备西行敦煌，探寻中国绘画艺术的渊源。

当年张大千由上海迁往苏州网师园时，同住园内

独自成千古　悠然寄一丘

叶恭绰对张大千的帮助与影响很大。张大千在20世纪
40年代西出嘉峪，寝食莫高窟，探寻人物画的渊源，
其中就有叶恭绰的启发。叶恭绰，广东番禺人，清末

当过铁路总局局长。北洋政府时，当过交通总长、邮政总局长，后任广东军政府财政部部长，是我国著名书画家和收藏家。中华人民共和国成立后，曾任北京中国画院院长。叶对张大千说："人物画一脉，自吴道子、李公麟后已成绝响，仇实父失之软媚、陈老莲失之诡谲，有清三百年，更无一人焉。"并力劝他放弃花卉山水，专攻人物，振此颓风。所以张大千也说，他之所以"西去流沙，寝馈于莫高、榆林二石室者近三年。临抚魏、隋、唐、宋壁画三百帧。皆先生启之也。"之后，在国民党政府检察院任职的马文彦，也曾多次向大千介绍敦煌石窟壁画，自己又查阅了一批资料，遂决定去探寻中国绘画的艺术渊源，以发扬光大。

敦煌莫高窟是一座灿烂的东方艺术宝库，汉唐鼎盛时期，莫高窟有洞窟1000余个。风刀雪剑、沙湮土埋的自然破坏不说，仅就大规模的人为破坏就有数起，敦煌艺术经历了无数的劫难。敦煌的最大损失，还是壁画经卷塑像的被窃损伤。在现存的490个洞窟中，最早的为北魏年间所建。这些石窟有大有小，大的像礼堂，小的仅能容纳一人。窟内精美的佛像、菩萨、飞天、舞乐伎等工笔壁画和彩塑异彩纷呈，令人炫目，它们都是出自魏唐以来历代画师的丹青真迹。石窟所有壁画如以平均2米高度排列起来，将有2.5公里长；

独白成千古　悠然寄一丘

彩塑排列起来，有1.5公里长。可谓世界上最长的画廊和最大的美术馆。

　　1931年3月，张大千第一次踏上赴敦煌的征途。经过一个多月的长途跋涉，终于来到了莫高窟，在莫高窟附近的一个破庙里住下后，便带领帮工和随行的士兵清理积沙，修路开道，开始对石窟进行记录和编号。经过5个月的艰苦工作，他们总共为309个洞窟编了号。由于生活用品准备不足，人少力薄，以及画布和颜料等画具临摹效果不佳，张大千一行不得不于年底返回兰州，筹集人马，补充物品，做长期打算。1942年3月，张大千率子张心智以及差、厨等一行9人，从西宁包租1辆卡车，第二次来到敦煌。

敦煌石窟

在20世纪的中国画家中，张大千无疑是其中的佼佼者，其画意境清丽雅逸。徐悲鸿说过："张大千，五百年来第一人。"他才力、学养过人，于山水、人物、花卉、仕女、翎毛无所不擅，特别是在山水画方面具有特殊的贡献：他和当时许多画家担负起对清初盛行的正统派复兴的责任，也就是继承了唐、宋、元画家的传统，使得自乾隆之后衰弱的正统派得到中兴。

和许多画家一样，张大千也经历了描摹之路。在近代像张大千那样广泛吸收古人营养的画家是为数不多的，他师古人、师近人、师万物、师造化，才能达到"师心为的"的境界。他师古而不拟古，在继承传统文化的同时，他还想到了创新，最后在继承传统的基础上发展了泼墨，创造了泼彩、泼彩墨艺术，同时还改进了国画宣纸的质地，最后成为一代画宗。然而思想的先行者往往是孤独的，在他五言绝句《荷塘》有"先生归去后，谁坐此船来"之句，似乎暗示着后来者继续他的道路。

临摹敦煌壁画工作是十分艰巨的，为了加快进度和保证质量，张大千在朋友担保下，获得青海主管特准，亲往塔尔寺以每月50块大洋雇到此前认识的5位僧侣画师。他们专为张大千磨制颜料、缝制画布、烧制木炭条。为使临画色彩亮丽无比而历久不变，并能使所临壁画恢复如初，张大千所使用的颜料多为石青、石绿、朱砂等矿物质，这些珍贵的颜料来自西藏，每斤价格在40至50两银子之间，而且每种都在100斤以上。颜料经精工细磨后才能使用。张大千所用画布大到数丈，僧侣画师拼接缝制画布更是拿手绝活，往往是天衣无缝，不露痕迹。画布需抹上胶水，填平布孔，再打磨7次，方能下笔。

敦煌

洞窟内光线暗淡，有时他们借着日光，用一块镜子反射入窟内进行临摹。但多数时间是一手秉烛或提灯，一手握笔，有时手持电筒反复观看多次，才能画上一笔。洞窟里空气滞闷，待上半天，人就觉得头昏脑涨。深而大的石窟更是阴冷潮湿，夏天都要穿棉衣，冬天则滴水成冰，无法工作。在高大的洞窟里临摹，还必须搭梯而上。碰到藻井或离地面很近的壁画，只能仰面或侧身而卧，上下反复，时卧时起，不久就使人汗流浃背。

临摹的程序一般是先由助手们把透明的蜡纸覆盖在壁画上，照影勾摹，再将勾摹好的画稿用复写方法拓于打磨好、绷在画框上的白布上，然后经弟子或僧侣上色，由张大千用墨勾描出线条并最后定稿，才算完工。临摹不是简单地模仿。应该说，临摹也是一门学问。敦煌壁画是历经千年的艺术精品。从时代特点看，上至魏晋，下讫宋元，代有千秋。特别是隋唐以来的人像，形神兼备，光彩照人，实为罕见的艺术精品。张大千认为："人物画到了盛唐，可以说已到达了至精至美的完美境界。"为了形容壁画之美，他曾风趣地说："有不少女体菩萨，虽然明知是壁画，但仍然可以使你怦然心动。"

地处荒漠中的莫高窟，生活环境十分艰苦。这里缺水无菜，没有柴烧。饮用水要到几公里外的地方才有。张大千抱着苦僧修炼的决心，每日早晨入洞，直至夕阳西下。取暖做饭用柴也要由20余峰骆驼到200

张大千临摹敦煌壁画

里以外的地方，每次往返七八天运来。特别是缺少新鲜蔬菜，这对于讲究美食的张大千来说，可算是吃尽苦头了。而且，这一带兵匪不分，还常有凶悍的异族人窜来骚扰劫杀，使人胆战心惊。好在有地方军常年派兵守护，才免除匪患。

1943年5月，张大千别了莫高窟，伴随着驼铃声，向榆林窟进发。榆林窟，俗称"万佛峡"，位于安西县城南约200华里处，它与莫高窟、西千佛洞和水峡口小千佛洞都是独立的石窟群。由于它们的壁画和雕塑的时代特点与艺术风格很相近，同属一个体系，所以统称为"敦煌石窟艺术"。张大千曾数次前往榆林窟观摩、考察。虽然榆林窟的壁画在数量上远不能与莫高窟相比，但其艺术水平则完全可与莫高窟媲美。如第17窟的盛唐壁画，其技艺之高，保存之完好，为莫高窟所未有。还有一幅西夏《水月观音像》张大千更是反复欣赏，赞叹不已。经过1个月的艰苦工作，张大千一行在榆林窟共临摹壁画10余幅，包括西夏的《水月观音像》、唐代的《吉祥天女》《大势至菩萨》以及《供养人》等。其中一幅《卢舍那佛》成为张大千榆林窟之行的得意之作，从而为张大千的敦煌之行画上了句号。

临摹工作耗时费工，工程量巨大。从1941年3月赴敦煌到1943年6月中旬离开榆林窟，10月回到成都，在两年多的艰苦岁月中，张大千以常人所没有的勇气和毅力，凭着为艺术事业献身的坚定信念，风餐露宿，呕心沥血，苦苦面壁，殚精竭虑，对敦煌艺术做出了重大的贡献。他是国内专业画家中临摹敦煌壁画的第一人，是敦煌学研究的先驱者和带路人。张大千说过，"画画没秘诀，一是要有耐性，二是要有悟性"。很多人或许不缺悟性，而尤缺耐性。似乎大都忍受不了"十年磨一剑"，甚至"临池三年"，或者小有名气就耐不住寂寞。在国人都不知道敦煌时，张大千在寥无人烟的洞窟前的小泥屋一住就是3年，经他的呼吁，才有留法画家常书鸿的

张大千临摹敦煌壁画

镇守，以及随后的敦煌成为显学。

然而，他也为此付出了巨大的代价。在经济上，张大千一行在敦煌日常吃、穿、用、纸墨笔砚全靠外运，费用比在内地高出 10 多倍，而且远在家乡的亲人需要张大千接济。为了维持巨大的开销，张大千白天进洞临画，晚上回到住所作画至深夜，再把作品陆续寄回成都办画展。为了维持在敦煌期间的庞大开销，他除卖掉大量珍藏的古字画和自己的作品外，还曾向人举债高达 5000 两黄金，而这笔债务在 20 年之后才得以还清。张大千去敦煌之际，正当年富力强，红光满面，满头青丝，黑髯似漆，当他归来时，已是满头华发，髯须染霜，面容黝黑，显得十分苍老。而这些巨大的代价所换来的，却是意义深远、卓有成效的工作。张大千对敦煌石窟艺术做了系统研究，经博搜详考，记录并完成20万字的学术著作——《敦煌石室记》，成为敦煌学研究的开山之作。他多次呼吁政府和社会各界，尽快采取保护措施，建议成立专门的研究或管理机构，以便对敦煌艺术宝库进行保护、管理和研究。在他的呼吁和于右任的倡议下，1943年正式成立"国立敦煌艺术研究所"。

1943年8月，"张大千临摹敦煌壁画展览"和"张大千画展"在兰州开幕。国民党军政要员朱绍良、谷正伦、高一涵、鲁大昌等人主持了开幕式。这是敦煌千年艺术第一次在国人面前展示。展出当天，参观者达万余人次，张大千的近作被订购一空。

1944年3月和5月，由国民党中央教育部主办的"张大千临摹敦煌壁画展"相继在重庆三牌坊官地庙、上清寺中央图书馆展出。排队购票者长达一里多，一时万人空巷，观者如潮，山城轰动了。著名画家徐悲鸿、黄君璧，著名诗人柳亚子、作家叶圣陶、书法家沈尹默、吴玉如等一大批文艺、学术界名流纷纷前往观看，推崇备至。

这些展览的相继举行，正值抗日战争如火如荼之际，对于大后方成都、重庆的人民来说，成为增强民族自信、唤起民族斗志的号角。此后，该画展又陆续在西安、北京、上海、南京举行，均受到社会各界的热烈欢迎和高度评价。同时，张大千精选其中部分作品出版了《张大千临摹敦煌壁画展特集》和《敦煌临摹白描集》。

张大千临摹敦煌画展是继外国人敦煌盗宝之后，世人对这一宝藏的重新发现和认识，可谓石破天惊。它首次向人们展示了辉煌灿烂的中国古代民族文化艺术遗产，使天下尽知敦煌。同时，人们从张大千的作品中，更加了解这位坚忍不拔的艺术家，并对他在敦煌的艺术实践给予了充分的肯定和赞扬。敦煌学巨擘、国学大师陈寅恪在重庆看过画展后说："自敦煌宝藏发现以来，吾国人研究此历劫仅存之国宝者，止局于文籍之考证，至艺术方面，则犹有待。张大千先生临摹北朝唐五代之壁画，介绍于世人，使得窥见吾国宝之一斑，其成绩固已超出以前研究之范围，何况其天才独具，虽是临摹之本，兼有创造之功。实能于吾民族艺术上另辟一新境界，其为敦煌学领域中不朽之盛举，更无论矣！"

从表面上看，张大千敦煌之行，最主要的收获是276幅临摹壁画，而实际上更主要的成就在于对中国绘画艺术渊源的分析和论证，创立了中国艺坛上的"敦煌画学"。敦煌之行也是张大千绘画艺术的重大转折点，在饱受这千年艺术熏陶之后，张大千的画风发生了巨变，以至影响到他的后半生。

从敦煌回来不久，大千创作了一大批风格新颖的作品，如《青绿山水图》《洗砚图》《临唐壁画》《摹北魏画马图》《采莲图》《蕉荫仕女》《舞带当风》等。他从盛唐人物中感受到重彩的复活及其精密与宏伟的写实精神，一改过去人物画的纤琐病弱、清丽雅逸，而为敦厚浓艳、丰腴健硕，特别是加强了线条的写实造型能力。他学唐人不

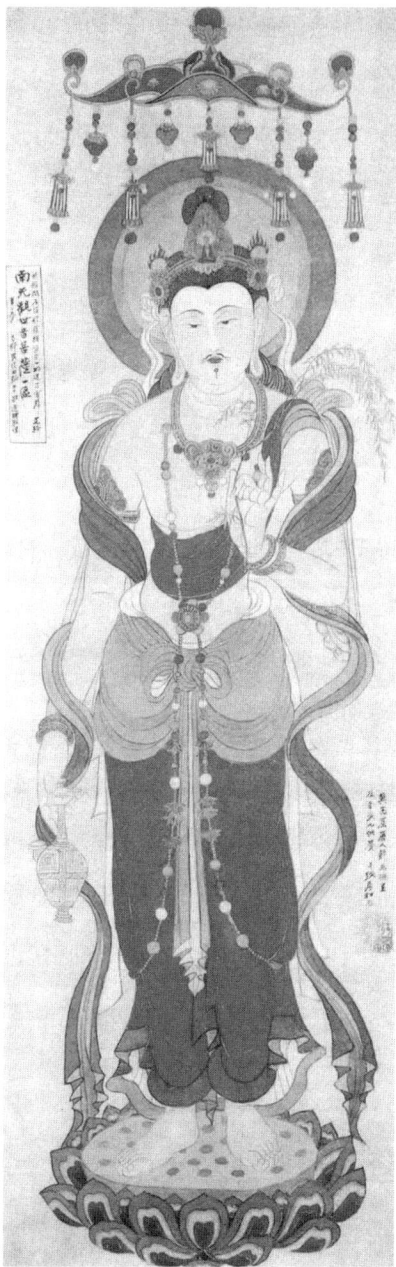

只得其貌，更得其神。他笔下的人物，深得唐人遗意，极富感染力。山水画由过去的清新淡泊变为宏大广阔，更加重视渲染，喜用复笔重色，特别是层峦叠嶂的大幅山水，丰厚浓重，金碧辉煌。荷花画亦吸收了佛教壁画莲台花瓣精美的造型和流畅的线条，给他的"荷花一绝"增添了新的表现形式。他摹古而不泥古，得古人神髓而表现自己的面貌。受敦煌壁画洗礼，更能融汇吸收传统国画精髓，使他的作品日趋瑰丽雄奇。及至20世纪60年代以后，创造了颜色浓重、大幅连屏的泼墨泼彩技法，使作品表现出"苍浑渊穆"的境界。

张大千先生对敦煌莫高窟的保护工作十分重视，并做了一定的工作。1941年的秋天，当时任南京国民政府监察院院长的于右任，奉命西行视察时，专程来到了敦煌。于右任先生是著名的书法家，对艺术颇有研究，对艺术事业十分重视。于先生和张先生在这样一个环境中见面，实在是感慨万千，当时的心情难以言表。当晚张大千先生邀请于右任共度中秋节，席间谈及了莫高窟的价值以及敦煌文物失散严重的情况，并表示要为保护莫高窟多做工作。张大千先生的建议得到了于右任的赞同和支持。在于先生的努力下，终于在1943年3月正式成立了"国立敦煌艺术研究所筹备委员会"。从此，敦煌莫高窟有了专门的保护研究机

独自成千古　悠然寄一丘

国画大师张大千

构，这其中也有张大千的一份功劳。

历史上许多人临摹的画一般只能临其貌，并未能深入其境；而张大千的伪古直达神似乱真。为了考验自己的伪古作品能否达到乱真的程度，他请黄宾虹、张葱玉、罗振玉、吴湖帆、溥儒、陈半丁、叶恭绰等鉴赏名家及世界各国著名博物馆专家们鉴定，并留下了许许多多趣闻轶事。张大千许多伪作的艺术价值及在中国美术史上的地位较之古代名家的真品已有过之而无不及。现世界上许多博物馆都藏有他的伪作，如华盛顿佛利尔美术馆收藏有他的《来人吴中三隐》，纽约大都会博物馆收藏有他的《石涛山水》和《梅清山水》，伦敦大英博物馆收藏有他的《巨然茂林叠嶂图》，等等。师古人与师造化历来是画家所遵循的金玉良言。师古人自然重要，但师法造化更重要，历代有成就的画家都奉行"外师造化，中得心源"的做法。张大千在学习石涛的同时，也深得古人思想精髓，并能身体力行。张大千说："古人所谓'读万卷书，行万里路'，这是什么意思呢？因为见闻广博，要从实际观察得来，不只单靠书本，二者要相辅而行的。名山大川，熟于胸中，胸中有了丘壑，下笔自然有所依据，要经历得多才有所获。山川如此，其他花卉、人物、禽兽都是一样的。"他又说："多看名山巨川、世事万物，以明

白物理，体会物情，了解物态。"他平生广游海内外名
山大川，无论是辽阔的中原、秀丽的江南，还是荒莽
的塞外、迷蒙的关外，无不留下他的足迹。他在一首
诗中写道："老夫足迹半天下，北游滇渤西西夏。"

敦 煌 逸 事

"盛名之下，谤亦随之。"张大千敦煌之行闻名于世，但张大千在敦煌期间发生三件事，给他后来产生意想不到的烦恼，使他背负几十年"毁坏壁画，盗窃文物"的罪名。

第一件事是 1941 年夏天，张大千陪同于右任老先生观摩壁画，行至张大千编的 20 号洞内，见墙上有两面壁画已与墙壁底层泥土分离，表面被烟熏黑，有人为挖损破坏的痕迹，从缝隙中隐约可见里层画像的线条。随行的县府人员，张开欲裂的坏壁，里面露出两幅色彩鲜丽、线条流畅的唐代壁画，为莫高窟中不多见的精品。这两幅壁画就是有名的《朝议大夫使持节都督晋昌郡诸军事守晋昌郡太守兼墨离军使赐紫金鱼袋上柱国乐庭環供养像》和《都督夫人太原王氏一心供养像》。张大千和在场的随行人员都意识到这是一次重大的发现。它说明莫高窟壁画不止一层，是画下有画。张大千看了画后极为兴奋，赞叹不已，并将这两幅画临摹下来（后藏于四川博物馆）。1944 年 5 月在成都出版的《张大千临抚敦煌壁画展览目次》的前言中，张大千说明了发现这两幅盛唐供养人像的经过。

国画大师张大千

独自成千古 悠然寄一丘

第二件事是1941年，张大千初到敦煌，在考察莫高窟荒废的北区洞窟时，偶然从沙堆里发现一只风干了的人手臂。这只手臂自肩至手指十分完好，只是颜色枯黄，形似腊肉，也如同化石。手臂下面是一块丝帛，上面记载着手臂主人的生平和砍下这只手臂的原委。手臂主人叫张君义，是晚唐的一位大将，敦煌人。唐宣宗大中年间，曾领导了驱逐吐蕃守将的战争，遂被封为沙州防御使，又晋升为归义军节度使。张君义的战功，不仅没得到皇上奖赏，反而因功受罚。将军气愤不过，亲手在一幅白绢上写出自己的事迹，并用刀砍下自己的左臂，包在绢中，埋入地下。后来张大千离开敦煌时，将这些文物全部赠给了正在筹建中的敦煌艺术研究所，成为该所收藏的首批文物。这些文物至今仍完好地保存在敦煌研究院。

第三件事是张大千在敦煌期间，曾以高价收购到两幅隋代的画，为目前世界上所能见到的最古老的两幅画，一幅是《观世音菩萨像》，另一幅是《释迦牟尼像》。由于这两幅画既古老且名贵，所以张大千一直把它们视为稀世珍宝，并随时携带在身边。直至张大千晚年回台北定居，在修建"摩耶精舍"过程中，也时时不忘带在身边。张大千去世后，这两幅稀世古画都被捐赠给台北故宫博物院。

张大千无论如何也想不到，这几件事情会给他带来许多意想不到的烦恼，更不会想到会使他背负"毁坏壁画、盗窃文物"的罪名，并由此而带来一桩申诉无门，临死也未见结果的公案。

1943年4月，张大千接到一封甘肃省政府主席谷正伦从兰州给敦煌县长陈儒学发来的电报。电文曰："张君大千，久留敦煌，中央各方，颇有烦言。饬敦煌县长陈，对于壁画，毋稍污损，免滋误会。"看到此电，张大千目瞪口呆，气不打一处来。随后他对县府人员说："不把斯坦因、华尔纳当罪人，反倒说我破坏壁画，简直是一派胡言。"这封电报也迫使张大千离开敦煌，致使张大千的壁画摹品中有许多半成品。

1943年6月，张大千一行离开敦煌经西安返兰州，刚进入兰州市区，突然遭到国民党军统特别检查站的严密搜查。尽管张大千持有军政部长何应钦开出的通行证，并有甘宁青监察使高一涵、第八战区东路总指挥鲁大昌、甘肃省政府秘书长王漱芳等军政官员到现场解释、劝阻，但张大千所带行李和壁画临品仍未逃脱蛮横的翻检，致使部分临摹作品受损。张大千曾气愤地说："一句恶语不仅能破坏一个人的名誉，甚至能把一个人置于死地啊！"

此次检查本可证明张大千是清白无辜的，但社会

独自成千古　悠然寄一丘

——国画大师张大千

上的谣言却随之
而起，有关张大
千"破坏壁画"
"敦煌盗宝"的谣
言不胫而走。此
后还不断有人指
控张大千，在数
十年中时有所谓
张大千破坏壁画
的言论。在张大
千出走海外，远
离故乡的近30年
中，他一直背着

"破坏壁画"的罪名。对此，张大千有口难辩，申诉无
门，只能黯然神伤。直到1981年冬末，在成都出版的
《旅游天府》上刊载了署名石湍、题为《张大千并未破
坏敦煌壁画》的文章。作者以自己亲眼所见证明张大
千并未破坏壁画，相反是对敦煌艺术作出了不可磨灭
的贡献。随后，香港《大成》等杂志转载了这篇文章。
与此同时，曾和张大千一起在敦煌临摹壁画的老画家
谢稚柳先生，以历史见证人的身份也在香港发表评论，
为老友辩护。后来，敦煌研究院研究员史苇湘，敦煌

学权威、敦煌研究院院长段文杰等一批同时代的见证人，都给予张大千以肯定的结论。至此，张大千被控案才得以澄清。

本来在当时就已明明白白的几件事，何以会引起如此多的罪名呢？究其原因，除了上面几件事被人误解、以讹传讹外，还有其他几个方面：一是张大千在敦煌期间，经常有人求画，其中有不如愿者，便心生怨恨；二是张大千搜购流落在敦煌民间的文物时，曾与人发生利害冲突；三是声势浩大、旷日持久的敦煌之行难免引起人们的怀疑；四是张大千为性情中人，出言无忌，逞一时之快，无意间得罪了某些人。

2000年8月22日，上海《新民晚报》发表了该报记者杨展业的《张大千在莫高窟留下的问号——揭开敦煌宝库一历史谜团》，公开指斥张大千当时"为了个人私欲，随意剥损了敦煌壁画"，"这是对敦煌艺术的破坏"，并在互联网上同时发布了该文。此文一出，顿时在全世界掀起了轩然大波，引起了海内外很大的反响。一时之间，国内外的无数报刊、网络等新闻传媒纷纷转载或摘载此文。"揭文"所述，不仅不符合历史事实，而且更不是什么新闻——因这件事早在半世纪以前，就已经被全国各地的各种新闻媒体给炒了个家喻户晓，成了当时的一件极其轰动的"名人大案"。

张大千临敦煌释伽说法图

　　实际上,"张大千在莫高窟留下的问号"这一"历史谜团",早已被解开和澄清。1988年1月8日,国家文物委员会主办的《中国文物报》,通版发表了1万多字的长篇调查报告《中国文物界中的一桩大冤案——记张大千"破坏敦煌壁画"一案的来龙去脉》,向海内外公众详尽披露了所谓张大千"确实破坏过敦煌

壁画"等种种流言产生的经过和内幕详情。紧接着，中新社又以《张大千"破坏敦煌文物"的历史疑案已被澄清》为题向海内外发了通稿，国内外的许多媒体都曾纷纷登载或转载，可以说，为张大千敦煌蒙冤这一历史疑案做了彻底的昭雪和澄清。

那么，所谓"张大千曾破坏了敦煌壁画"之说是怎样出来的呢？以莫高窟第130号窟为例。这是1941年10月5日，张大千陪同来西北视察的国民政府监察院院长于右任以及部分甘肃省及敦煌县的军政官员等一行20余人，参观莫高窟时所发生的事情。

事情的经过，据当时在场的甘肃省官员窦景椿先生记：当时"我随于右任老由兰州前往敦煌，尔时大千先生正居留在千佛洞（即莫高窟），遂陪同于右任老参观各洞壁画，随行者有地方人士、县府接待服勤人员及驻军师长马呈祥等人。记得参观到一个洞窟（即张大千编号第20窟，后敦煌文研所编号第130窟），墙上有两面壁画与墙壁底层的泥土分离，表面被火烟给熏得黑沉沉的，并有挖损破坏的痕迹。坏壁上面的佛像，似为清人建造。因过去信佛者修建洞壁画像，常把旧洞加以补修，改为己有，但此洞原有画像，欲盖弥彰，从上面坏壁的缝隙中隐约可见里层画像的衣履，似为唐代供养人画像。大千先生向于右任作了解释，

于老点头称赞他说:'噢,这很名贵。'但并未表示一定要拉开坏壁一观。当时敦煌县政府的随行人员为使大家尽可能看到底层画像的究竟,遂手拉着上层张开欲裂的坏壁,不慎用力过猛,撕碎脱落,实则亦年久腐蚀之故也。"这就是这两面表层坏壁被剥损脱落的经过实情。

这两面败壁的表皮被撕碎脱落后,露出了底层唐朝天宝年间（742—755年）的两幅供养人画像，这即是著名的《朝议大夫使持节都督晋昌郡诸军事守晋昌郡太守兼墨离军使赐紫金鱼袋上柱国乐庭瓌供养像》和《都督夫人太原王氏供养像》，二画皆画得非常精美，在莫高窟的洋洋万堵丹青中亦属于是不可多得的精品。张大千为之兴奋不已，后曾将此二图仔细临摹了下来，作了公开巡回展览，并在他后来公开出版的张大千临抚敦煌壁画展览目次中公开宣布说："此窟为唐晋昌郡太守乐庭瑰所建之功德窟，至宋时重修，故今壁画，俱为宋人手笔。清同治时，敦煌有白彦虎之乱，莫高窟重遭兵火，宋壁残阙，甬道两旁壁画，几不可辨。（表壁）剥落处，见内层隐约尚有画，因破败壁，遂复旧观。（内）画虽已残损，而傅彩行笔，精英未失，固知为盛唐名手也。在窟内东壁左，宋画残阙

张大千的印章

处，内层有唐咸通七年（866）题字，然犹是第二层壁，兼可知自唐咸通至宋，已两次重修矣。"

不难看出，这两面败壁的被偶然撕碎脱落，和张大千毫无关系。这正如当时也同在莫高窟现场的张大千之子张心智先生言："我父亲张大千当时虽然在场，但既未动口，更未动手，何罪之有？"可是，这事情怎么就会偏偏给硬栽在张大千的头上了呢？仍根据窦景椿先生所记：就在这两面败壁被打掉不久，"适有外来的游客，欲求张大千之画未得，遂向兰州某报通讯，指称大千先生有任意剥落壁画，挖掘文物之嫌。一时人言啧啧，是非莫辩"。

从此之后，张大千"破坏了敦煌壁画"的种种流言蜚语，即由兰州波及全国，到处纷传，曾屡屡见诸全国各地的报端。由于当时的甘肃省官厅等官方对张大千进行了一系列的连续"严办"，再加上新闻舆论的强大威力与作用，于是当时盛传的那些说张大千是"确实破坏了敦煌壁画"的种种话语，更是不胫而走，言之凿凿。

因此，为了还历史的本来面目，对张大千的是非功过，必须给予实事求是的客观公正的准确评价。早在1949年甘肃省政府和南京政府教育部对于"控张"一案在长时间和大规模的反复"查究"后，就作出官方正式结论：

"省府函复：查此案先后呈奉教育部及函准国立敦煌艺术研究所，电复：张大千在千佛洞（即莫高窟）并无毁损壁画情事。"

寥寥十余字的官方最后正式结论表明：张大千并未毁损过敦煌壁画，自然就更加谈不上什么"破坏敦煌壁画"乃至"盗窃敦煌壁画"了！

敦煌学专家、今敦煌研究院院长樊锦诗女士在上海曾向媒体发表谈话说："我觉得评价一个人，面对复杂问题时，还是要靠证据来说话。"因她也听说过一些流言，"较多的是讲1943年，张大千离开敦煌时，被当地百姓举报在行李中偷藏了壁画，国民党当局检查了张大千的行李，结果一无所获"。因而，对于社会上一直流传着的所谓"张大千确实破坏甚至盗窃了敦煌

张大千的画展

——国画大师张大千

独自成千古 悠然寄一丘

壁画"等的种种流言，樊锦诗院长慎重表示："这种民间传言，说明不了什么！"

读书对画家来说是非常重要的。传说有人问唐伯虎的老师周臣，为什么他画的画反不如他的学生唐伯虎，周臣说："只少唐生数千卷书。"与其他成功的画家一样，张大千也是一个用功甚苦、读书渊博的画家。他平时教导后辈："作画如欲脱俗气、洗浮气、除匠气，第一是读书，第二是多读书，第三是须有系统、有选择地读书。"画画和读书都是大千的日常生活。过去如此，借居网师园后更是这样，朝夕诵读，手不释卷。在外出旅途的车中船上，张大千也都潜心阅读。一次，张大千从成都到重庆，友人托他带一本费密的《荒书》。到家后，张大千即把路上看完的《荒书》内容、作者的见解、生平以及这位明末清初的四川学者和石涛的关系，如数家珍地娓娓道来，实在令人惊讶。因为这是一本艺术之外的学术著作。读书的习惯一直伴随到大千晚年。他常说，有些画家舍本逐末，只是追求技巧，不知道多读书才是根本的变化气质之道。大千读书涉猎很广，经、史、子、集无所不包，并不只限于画谱、画论一类的书。

张大千年表

1899年己亥

农历四月初一（5月10日）生于四川内江。父怀忠，母曾氏友贞，兄弟十人，另有一姐。行八，乳名小八，名正权，又名权。

1904年甲辰6岁

从姐琼枝识字，读《三字经》等启蒙读物。

1905年乙巳7岁

从四哥张楫习字，读《千家诗》。

1907年丁未9岁

随姐从母习画，母曾氏善绘民间剪纸花卉。

1911年辛亥13岁

9月就读内江天主教福音学校（华美初等小学）。

1914年甲寅16岁

就读重庆求精中学，后转江津中学。

1916年丙辰18岁

暑假与同学徒步返内江，途中遭匪徒绑架，迫为师爷，经百日才脱离匪穴。冬，与表姐谢舜华定亲。

1917年丁巳19岁

东渡日本，在京都公平学校学习染织时，二哥张泽也在日本。

1918年戊午 20岁

闻未婚妻谢舜华病故，特从日本回上海，欲赴内江吊祭，因兵乱，交通阻塞，奉善孖兄命，重返日本，继续学业。

张大千所画荷花扇面

1919年己未 21岁

夏，完成学业，由日本返沪。秋，拜上海名书法家曾熙、李瑞清为师。曾熙为其取艺名爰，字季爰。念未婚妻谢舜华去世，至松江禅定寺出家为僧。师事住持逸琳法师，法名大千。三月后还俗。

1920年庚申 22岁

春，返川与曾正蓉完婚。婚后赴沪。同年9月12

日，李瑞清病故，享年54岁。作《次回先生诗意图》，署名啼鹃。啼鹃是张大千早年署名之一。

1921年辛酉23岁

春，借寓上海李薇庄宅。与李秋君定交。秋君名祖云，别号瓯湘馆主。在三师叔（李筠庵）的影响下，开始临仿石涛画迹，仿石涛册页一开，瞒过前辈画师黄宾虹。

1922年壬戌24岁

作北魏《张玄墓志》集联，有四言、五言、六言、七言、八言凡数十联。

1923年癸亥25岁

张怀忠夫妇率家人由内江迁居江苏松江府华亭县。与王个簃定交。

1924年甲子26岁

春，张泽奉调入京，任总统府咨议。随兄弟初次入京，与汪慎生定交，仿作金冬心、石涛、八大山人、渐江扇面四帧赠汪慎生。父张怀忠病逝松江。秋，应邀参加上海文人雅集"秋英会"，结识常州词人谢玉芩、上海画家郑曼青，并与谢玉芩结为知友。

1925年乙丑27岁

在上海宁波同乡会举办首次画展，由李秋君主持。展品100幅，每幅20大洋，购画者一律编号抽签取画。

独自成千古　悠然寄一丘

1926年丙寅28岁

农历乙丑冬月21日，应周梦公之嘱，为其姜素兰作白描像，署名啼鹃。3月21日，上海《申报》刊登《张季蝯卖画》启示。仲夏，在曾熙家结识温州籍篆刻家方介堪。

1927年丁卯29岁

临曾熙所藏《石涛小像》，曾师为之题跋。应张群函购，先后仿作石涛、金冬心笔意山水扇面两帧。与

张泽首次游黄山，时黄山尚未开发，出资雇民工开路导引。参加"寒之友"画会，会友有于右任、何香凝、经亨颐、陈树人、黄宾虹等。秋，应日本友人之邀赴汉城（今首尔）游金刚山，并与韩国姑娘池春红定情。

1928年戊辰 30 岁

春，与张泽、马骀、俞剑华、黄宾虹诸人组织"烂漫社"，刊行《烂漫画集》。5 月，与张泽、郎静山等人倡建"黄社"。二赴北平，与余叔岩结识。在陈半丁家中，结识旧王孙兼书画名家溥心畬。冬，池春红来信，作长诗《春娘曲》，并赴汉城相会。

1929年乙巳 31 岁

春，从汉城返沪。《蜀中三张画册》出版（三张者，张泽、张大千及九弟张君绶）。被聘为全国美展干事会员，与叶恭绰定交，同时结识徐悲鸿。出席全国第一届美展，作三十自画像，遍征上海名家题咏。

1930年庚午 32 岁

与张泽合作《十二金钗》，曾熙提款。夏，上海文明书局出版张大千大风堂收藏的《大涤子山水册》三册；中华书局出版《大风堂原藏石涛和尚山水集》。秋，参加"天马会"第八次美展。曾熙病故，享年 70 岁。

独自成千古　悠然寄一丘

1931年辛未33岁

扶曾师灵柩归葬衡阳。与张泽、郑曼青等人同为
赴日中国画展代表。9月，与张泽及门生张旭明、吴子

京、慕凌飞二上黄山。南游广州，与黄君壁定交。

1932年壬申34岁

与张泽、黄宾虹、谢玉芩等人同游浦东顾氏园观桃。黄宾虹作《平远山水图》及诗八首相赠。与叶恭绰、吴湖帆同游苏州，组织成立"正社书画会"。移居苏州网师园。

1933年癸酉35岁

春节，邀章太炎、叶恭绰、陈石遗、李印泉等前辈欢聚网师园。徐悲鸿组织"中国近代绘画展览"赴法展出，内有张大千所作《金荷》一幅，被法国政府收购。赴北平，小住颐和园听鹂馆。11月赴岭南，游罗浮山、鼎湖、阳朔。《仿石涛山水》册页二幅赠张群。

1934年甲戌36岁

与张泽北上。客居听鹂馆，馆内有"蝴蝶会"之举，与会者有王梦白、于非闇、何亚农、汤尔和等人。9月9日，中山公园举办"正社画展"，内有他的作品40件。与善孖同游华山。张泽、叶恭绰加入"正社"。冬，纳天桥京韵大鼓艺人杨宛君（艺名花秀舫）为三夫人。

1935年乙亥37岁

应徐悲鸿之聘，任中央大学艺术科教授。南京举办"张大千画展"。与徐悲鸿、谢稚柳及中大艺术科学生同上黄山。母曾友贞病逝郎溪。在网师园设宴招待叶浅予等参加全国第一届漫画展览会的成员。"张大千、方介堪、于非闇书画篆刻联展"在北平举行。《张大千画集》由上海中华书局出版。"济贫合作画展"在北平展出。

1936年丙子38岁

首次在英国伯灵顿美术馆举行个展。

1937年丁丑39岁

"第二次全国美展"在南京举行，任审查委员。与谢稚柳、于非闇、黄君璧、方介堪同游雁荡山，合作《雁荡山色图》，方介堪刻"东西南北人"印。七七卢沟桥事变，困居北平。应故宫文物陈列所之聘，任国画研究班导师。

1938年戊寅40岁

驻北平日本司令部多次派汉奸劝张大千出任伪职，张氏推诿不从，化装逃出北平，辗转上海、香港，入桂林途中会见徐悲鸿。隐居青城山上清宫。

1939年己卯41岁

邀黄君壁、张目寒同游剑门。为张目寒作《蜀山秦树图卷》。应黄君壁之邀同游峨眉，作《峨眉金顶合掌图》赠君壁。先后在成都、重庆举办画展。

1940年庚辰42岁

与赵望云相识于成都。拟赴敦煌，行至广元，兄张泽病逝重庆，赴重庆奔丧。

1941年辛巳43岁

在重庆画展，先后出席成都"黄君璧画展""关山月画展"开幕式，并重金订购画作，以示祝贺。携杨宛君、张心智北上兰州。敦煌途中，结识陇中画家范振绪。在范振绪陪同下抵达敦煌，留敦煌临摹壁画，为莫高窟编号。访榆林窟，临摹壁画，年底离榆林窟，赴青海西宁。

1942年壬午44岁

率心智赴塔尔寺访藏画师，请教大幅画布制作工艺。携带5名藏画师返敦煌继续临摹壁画。与西北文物考察团王子云等人相识。致函谢稚柳前来相助。岁末与谢稚柳及子侄门人离莫高窟赴千佛洞考察，并为之编号。

1943年癸未45岁

敦煌艺术研究所筹备委员会在兰州召开会议。筹委会主任常书鸿抵达敦煌。5月1日，离莫高窟赴榆林窟，在榆林窟临摹月余。8月，"张大千临摹敦煌壁画展览"在兰州首展。11月，返回成都，敦煌之行前后历时2年7个月。

1944年甲申46岁

"张大千临摹敦煌壁画展览"先后在成都、重庆展出。展品44幅。"张大千收藏古书画展览"在成都展出。夏日居青城山潜心作画。9月，率门人子侄二游峨眉。岁末在成都举办近作展。

1945年乙酉47岁

率李复赴大足、资阳、简阳考察石刻艺术。叶浅予夫妇借居昭觉寺，叶氏向张大千请教中国画。作丈二匹《荷花》通景大屏及《西园雅集》。在成都举办近作展。冬，取消赴新建考察石窟之行，改道北平，与于非闇举办联合画展。

1946年丙戌48岁

以巨资购得《江堤晚景图》，宋人《溪山无尽图》，宋张即之《杜律二首》等历代名人字画。溥心畬、谢稚柳、吴湖帆先后为无款《江堤晚景图》题跋。三上峨眉，作丈二匹山水《峨眉三

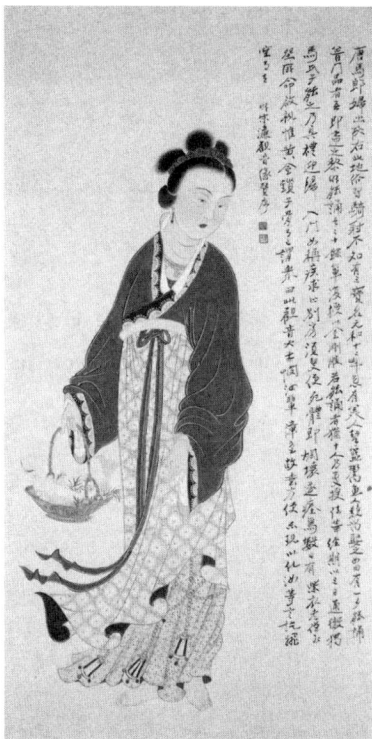

顶》《长寿山势图》。赴沪举办"张大千画展"。岁末由沪赴平，作《九歌图卷》《文会图》等。以《四季花卉》《墨笔山水》先后参加赛那奇博物馆、巴黎现代美术博物馆举办的"中国画展览"。

1947年丁亥49岁

《张大千临摹敦煌壁画》（第一集）在上海彩印出版。"大风堂门人画展"在上海展出。《张大千画作展》在上海展出。与杨孝慈同游西康，写生多幅，并作《西康游记》记游诗12首。在成都举办"康巴西游纪行画展"。《西康游屐》《大千居士近作》相继在上海出版。

1948年戊子50岁

在沪举办画展，展品多系工笔重彩。编印《大风堂同门录》。敦煌参议员郭永禄在甘肃省一届六次参议会上发难，指责张大千破坏敦煌千佛洞壁画。十名参议员联名附议要求"严办"。《西北日报》以《张大千何如人也》为题，披露常书鸿、窦景椿（前敦煌艺术研究所筹备委员）为张大千辩诬声明与讲话。偕四夫人徐雯波赴港，举办画展。

1949年己丑51岁

甘肃省一届七次参议会作出"张大千在千佛洞无毁壁画事"的结论，但未公之于世。应印度美术学会邀请拟赴印画展，并顺道考察阿坚塔壁画。10月，赴台举办首次个人展。11月下旬，搭军用飞机返蓉。12月6日，携徐雯波乘军用飞机离蓉飞台。

1950年庚寅52岁

由港赴印，在新德里举办画展。考察临摹阿坚塔壁画。旅居大吉岭年余，诗画创作颇丰。

1951年辛卯53岁

在港举办画展。赴台旅游，由台静农陪同至台北故宫博物院参观藏品。由台赴日本东京会友。

1952年壬辰54岁

3月，远游阿根廷。5月，返港。筹划移居南美。为筹措旅费，由徐伯郊牵线，与郑振铎联系，向中国大陆出售《韩熙载夜宴图》《潇湘图》等名画。徐悲鸿、叶浅予联名致信劝回中国大陆，其婉辞。迁居阿根廷首都近郊曼多萨，受到阿总统贝隆及夫人接见。

1953年癸巳55岁

赴美访友，王季迁、张孟休、汪亚尘等人陪同，参观波士顿美术博物馆，游览尼加拉瀑布。返台举办画展，结识日本山田小姐，并聘为驻日秘书。参加纽约市立京学院举办的"当代中国画展览"。

1954年甲午56岁

迁居巴西圣保罗市。赴港举办画展，展品中有

独白成千古　悠然寄一丘

国画大师张大千

《美国尼加拉瀑布图》，甚得观众赞赏。赠画12幅给巴黎市政厅收藏。

1955年乙未57岁

巴西圣保罗八德园建成并命名。《大风堂名迹》（四册）在日本东京出版。

"张大千书画展"在日本展出，巴黎罗佛尔宫博物馆馆长萨尔出席画展。夫人曾正蓉、杨宛君向四川博物馆捐赠敦煌壁画摹画稿百余幅及张大千书画印章80方。

1956年丙申58岁

4月，于东京展出"张大千临摹敦煌壁画"，萨尔馆长观后邀张氏赴巴黎展出。6月，巴黎赛那奇博物馆展出临摹敦煌壁画，7月，在该馆东画廊举办"张大千近作展"，展品30幅。与毕加索在法国尼斯港的"加尼福里尼"别墅会面，观画谈艺，互赠作品。西方报纸将这次会面被誉为"艺术界的高峰会

张大千与孙云生在巴西合影

议"中西艺术史上值得纪念的年代"。首次旅欧，观赏西方艺术和山川风光。在巴黎期间，会见常玉、赵无极、潘玉良等华裔艺术家。

1957 年戊戌 59 岁

患目疾，回八德园静养，服药疗疾之余，仍挥笔题诗作画，细笔改粗笔，力图变法。为张群影印出版《石涛十二通景屏》作序。在巴黎展出《秋海棠》，荣获纽约"国际艺术协会"金奖，被评为"当代世界第一大画家"。在圣保罗市举办画展，名震巴西。

1958年戊戌60岁

纽约国际艺术学会以其在巴黎展出的《秋海棠》

独自成千古 悠然寄一丘
——国画大师张大千

一画又被为"当代伟大画家"，获金牌奖。

1959年己亥61岁

在台北历史博物馆首次举办"张大千先生国画展"，主要展品为临摹敦煌壁画。作《故宫名画读书记》。赴法旅欧。在法国国家博物馆成立永久性"中国画展览"，以作品12幅参加开幕展。

1960年庚子62岁

在八德园作《六十二岁自画像》寄赠港友高岭梅。4月，游台北横贯公路。7月，应台北故宫博物院李霖灿之邀，绘敦煌历代佛手。9月，应邀赴巴黎、布鲁塞尔、雅典举行巡回画展。在巴黎为郭有守狂涂册页12幅。返八德园作《蜀楚胜迹》12幅，均为老年泼墨变法之滥觞。

1961年辛丑63岁

赴日参加"郎静山摄影展"。新作巨幅《荷花》在巴黎赛那奇博物馆特展，纽约现代博物馆购藏。圣保罗近作展。继续创作《瀑布》《罗浮飞云顶晓日》等泼墨山水。

1962年壬寅64岁

赴巴黎，下榻郭有守家，作通景屏《青城山全图》。赴东京，下榻偕乐园，作丈二匹巨幅《瑞士风景》。此二幅均为巨幅泼墨山水。夏，台北历史博物馆再次举办张大千画展，展出《四天下》泥金、泼墨巨幅山水新作。游日本横滨。香港大会堂落成，香港博物馆主办"张大千画展"，为大会堂揭幕首展。《张大千画谱》（高岭梅编）在香港出版。12月，在八德园以泼彩法试作《观泉图》。

1963年癸卯 65岁

"张大千画展"在新加坡、吉隆坡、怡保、槟城展出。六屏巨幅通景《荷花》在纽约画展中被美国《读者文摘》以14万美金高价收购。

1964年甲辰 66岁

回中国台北访张学良，谒阳明山溥心畬、赵守钰

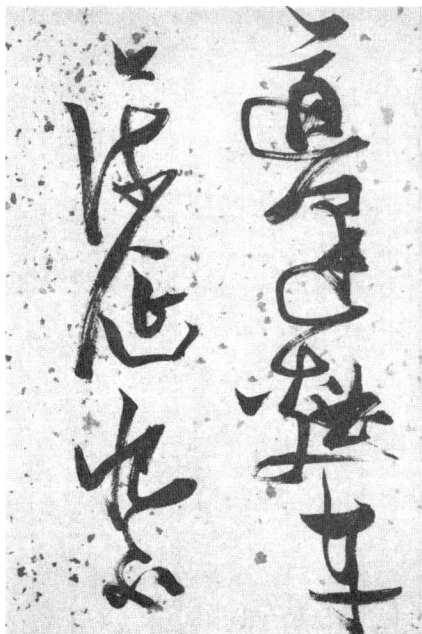

墓。以泼墨泼彩法作《幽谷图》，自谓"这样画可因势利导，取其自然，得其天趣"。

1965年乙巳 67岁

伦敦画展。作大泼墨山水《山园骤雨》《秋山图》。自谓"这主要是从唐代王洽、宋代米、梁楷的泼墨法发展出来。只是吸

独自成千古 悠然寄一丘

——国画大师张大千

收了西洋画的一点儿明暗处理手法而已"。

1966年丙午68岁

赴香港访友。据门人林建同说，此次香港之行，甚有启发，其后"作风大变，泼墨泼彩，大行其道"。

1967年丁未69岁

美国斯坦福大学博物馆、卡米尔莱克美术馆先后举办张氏近作展。台北历史博物馆主办近作展。为张群八十初度精心绘制四屏通景《蜀中四天下》图，又为张目寒六十八寿辰绘制山水人物图。是年泼彩作品甚多，有《朝暾》《雨过岚新》《山雨欲来》。香港东方学会出版《张大千画集》。

1968年戊辰70岁

在纽约福兰克加禄美术馆、芝加哥毛里美术馆、波士顿亚尔伯—兰敦美术馆分别举办张大千画展。在斯坦福大学讲演中国画艺术。返台，接受台北某报记者谢家孝采访月余，谢以口述体撰写《张大千世界》，4月，由当地报社出版发行。四五月间为贺张群八十寿辰，积十日之功精心绘制《长江万里图》。7月，在台北历史博物馆举行"《长江万里图》特展"。11月，以敦煌壁画摹本62幅捐赠台北故宫博物馆。

1969年己酉71岁

赴旧金山治眼疾，与旅美老友侯北人、张孟休等度春节。返八德园作《杏花春雨图》赠侯北人；《泼彩青绿雪景》赠张孟休。黄君璧访八德园。由巴西迁美国卡米尔城"可以居"。洛杉矶考威美术馆展。纽约文化中心展。纽约圣约翰大学展。纽约福兰克加禄美术馆再展。波士顿亚尔伯—兰敦美术馆现展。

1970年庚戌72岁

目疾加重。结识台北京剧团演员李金棠、吴兆南、郭小庄、李东原，分别赠书画。自订《张大千鬻画值例》。卡米尔莱克美术馆再展。

1971年辛亥73岁

春节前，迁环荜庵。旅美友人均以梅花庆贺乔迁之喜，有百本梅花之称，故是岁作《咏梅诗》。香港大会堂近作展。

1972年壬子74岁

右眼失明，左眼白内障手术成功。美国洛杉矶安克鲁画廊展，被授予洛杉矶"荣誉市民"。美国旧金山砥昂博物馆"张大千四十年回顾展"，展出1928—1970年间的代表作品54幅，撰《回顾展自序》。

1973年癸丑75岁

与旅美老友王天循共度元旦、春节。洛杉矶恩克伦美术馆近作展。台北历史博物馆收藏捐赠历年创作108幅，颁赠纪念状，并举办"张大千先生创作国画回

顾展"（即40年回顾展）。台北历史博物馆出版《张大
千画集》。

1974年甲寅76岁

在台北历史博物馆与"日本民族协会"共同主持
东京中央美术馆"张大千画展"。应美国旧金山版画制

独自成千古　悠然寄一丘

——国画大师张大千

作中心之约，创作了2套石版画，被提名为"驰名世界的张大千"和"张大千形象"。创作根雕假山、八面观音寄赠大陆篆刻家陈巨来。

1975年乙卯77岁

应叶公超之约，为其辑《叶遐庵先生书画集》作序。以80幅精品参加台北历史博物馆举办的"中西名家画展"。应约撰写《毕加索晚期创作展序》。台北历史博物馆举办的"张大千早期作品展"，又以60幅作品参加在汉城举办的当代画展。

1976年丙辰78岁

举家移居台北。台北历史博物馆举办"张大千先生归国画展"，台湾教育主管部门颁赠"艺坛宗师"匾额。台北电影界人士吴树勋以退休金自费拍摄《张大千绘画艺术》纪录片。台北历史博物馆出版《张大千选集》。

1977年丁巳79岁

历时5年所编的《清湘老人书画编年》在港出版。将老友陈巨来历年为之所刻的印章，汇编成《安持精舍印谱》在日本出版，并为作序。在我国台湾省中部地区举办近作展。在外双溪筹建"摩耶精舍"。《大风堂名迹》（四册）在台再版。

1978年戊午80岁

在我国台湾省高雄市和台湾南部地区举办画展。今年在汉城举办画展。"摩耶精舍"落成，喜迁新居。出席亚太地区博物馆会议，讲演《论敦煌壁画艺术》。作《明末四僧画展序》《大风堂名迹再版序言》。

1979年己未81岁

以40幅佳作参加香港中国文化协会举办的中国现代画坛三杰作品展览（"三杰"为张大千、溥心畲、黄君壁）。请友人、律师见证，预立遗嘱。

1980年庚申82岁

春节期间，台北历史博物馆举办"张大千书画展"。3月，新加坡国立博物馆举办《中国现代画坛三杰作品展览》。应旅日华人李海天、黄天才之约，拟作巨幅《庐山图》（高1.8米，长10米）。台北出版《张大千书画集》（第一集、第二集）。

1981年辛酉83岁

2月，台北博物馆举办"张大千近作展"。3月，应邀提供作品参加法国巴黎东方博物馆举办的"中国国画新趋势展"。7月，在"摩耶精舍"开笔绘制《庐山图》。

1982年壬戌84岁

元月，台北举行"傅抱石、徐悲鸿、张大千水墨彩色画展"。香港集古斋举办"张大千画展"。2月，

独自成千古　悠然寄一丘

"张泽先生百年诞辰纪念画展"在台展出。4月，《张大千书画集》（第三集）出版。全力绘制《庐山图》，劳累过度，两次住进台北荣民总医院。

1983年癸亥85岁

元月，台北国立博物馆举办"张大千书画展"，同时举办尚未最后完成的《庐山图》特展。赵无极赴台探视。3月8日，《张大千书画集》（第四集）出版，为大陆友人门生题赠画集12册。心脏病复发，医治无效，于4月2日病逝。

世界上最富有的穷人

她的父亲是张大千，享誉画坛，被徐悲鸿称为"五百年来一大千"。

2010年，她父亲所作的国画《爱痕湖》以过亿天价创下了中国现代书画的拍卖奇迹。

而作为一代名家的后代，张心庆手中并没有一幅父亲的遗作。她的晚年，选择在上海南汇一家养老院，简单朴素地生活。

张心庆说："虽然父亲没有给我留下什么遗产，但他留给我更多的是精神上的财富，这才是真正让我取之不尽用之不竭的遗产。"

张大千的女儿张心庆

浦东南汇乡间，有一座正在修葺的不起眼的养老院。步行穿过曲折的楼道，我们辗转来到张心庆女士的房门前。

开门的是一位瘦小但精神矍铄的老人。从事了一辈子的音乐教育工作，今年80岁高龄的张心庆依然透出一股爽朗活泼的天性，一见面便热情地将我们迎进屋。

不足20平方米的房间，简朴整洁：一个五斗橱、一张书桌、一张单人床、一个床头柜、最值钱的物品是那架静静摆放在角落的钢琴，那是张心庆的侄子送给她的。最显眼的是墙上一张巨幅黑白照，女儿小咪正调皮地揪住外公张大千的髯须。

就在这方斗室，张心庆完成了回忆录《我的父亲张大千》一书。通过质朴的文字，她记录下了父女深情，记录下了父亲的无私大爱与家国情怀，让人们从素纸墨香中回首瞻仰一代国画巨擘的艺术风采与人格风骨。

张心庆说："我要让世人知道，在那一张张绚烂的画作背后，有着一颗怎样的心灵。"

张心庆出生在四川一个大家族，父亲张大千先后娶了四房太太，生育了十多个孩子，加上父亲兄弟们的孩子也不少，算下来张心庆在她那一辈中排行第十一，全家人都叫她"十一"。

张心庆的母亲曾正蓉是张大千的第一任妻子，虽然是祖母包办的婚姻，但在张心庆记忆中，父母相敬如宾，父亲非常尊重母亲。

母亲宽容大度，从小就教育心庆："父亲喜欢的人，我们要学着爱她们；他的儿女，理所当然也是我的儿女，你的兄弟姐妹。"因此，张心庆爱她的四位妈妈，也爱爸爸的其他孩子。

张心庆的童年是在父亲身边度过的。后来张大千漂泊到世界各地，父女俩长期分离。童年这段金子般的岁月，成了耄耋之年的张心庆最珍贵的回忆。

在张心庆的心目中，父亲不仅是一位笔耕不辍的大艺术家，还是他们那个大家族的顶梁柱。"父亲没有

一天不在桌前画画，他的画是这个家的唯一收入，全家人要吃、要穿、要用，都靠父亲手中的画笔。"

记得9岁那年，有一天父亲作完画正在休息，调皮的心庆掰开他的手指一个一个数着玩。当心庆触摸到父亲右手的食指和无名指时，突然发现父亲的手指像穿草鞋的脚趾一样，布满了老茧。瞬间，心庆的心只感到一阵痉挛："爸爸，你手指疼吗？我用嘴给你轻轻吹一下，行吗？"

张大千望着年幼的女儿笑着说："心庆，我手指不疼，多年来都是这样。傻女儿，你长大了，知道心疼老子了。只要你给我吹一吹，为父就不疼了。"

"那时，泪水充满了我的眼眶，疼痛冲击着我的心底，现在我才明白，手上的硬茧是爸爸对艺术的奉献，也是他对我们这个家的爱的记录。"说起这些，张心庆依旧激动不已。

抗战爆发后，为了躲避战乱，全家人辗转搬进了苏州的网师园，在这个"人间天堂"一住便是5年。园中不仅有那看不厌的亭台楼阁、小桥流水，父亲还饲养了用来写生的藏獒、仙鹤等动物，心庆和兄弟姐妹们终日在院子里无忧无虑地嬉戏玩耍。

后来，全家人又从苏州迁往四川青城山。山上奇峰异石，大树参天，耳畔能听见清脆动人的鸟鸣和那潺潺流淌的泉声，躲开了纷飞的战火，宛若身在世外桃源。

"父亲在那里作画，也让我们从小亲近大自然，在那样的环境中我感受到了大自然赋予人类的美好和

黄山倒挂松

——国画大师张大千

独自成千古　悠然寄一丘

灵感。"

记得在青城山居住时，有一年中秋节，母亲给全家人酿了可口的桂花米酒。小心庆趁母亲上街赶集时，悄悄地喝起了米酒。当时只觉得好喝极了，就是没想到酒喝多了会醉。那时恰巧她的手臂被蚊虫蜇了一个大包，长了一个硬疖子，喝了桂花酒后，不到两天疖子就溃烂化脓，疼得她夜不能寐。适逢张大千下山探望心庆母女，刚进门便听到了女儿的哭闹声。看见心庆手臂上缠着纱布，才得知是喝多了桂花酒生了脓疮。当晚，张大千把心庆背在背上，在堂屋里来回走着哄着，整夜都没合过眼，就这样一直背到黎明。

"直到现在我都觉得那晚自己是全世界最幸福的女孩。这之后有多少次我都希望自己的手能再疼一回，这样爸爸就又能把我背在身上陪着我了。但是转念一想，又觉得让他那双妙手整日托着我这不懂事的傻女儿，实在有些对不起他。"说到这里，耄耋之年的张心庆不好意思地笑了。

在张心庆的成长过程中，父亲的言传身教，让少不更事的她渐渐学会了如何关爱别人。在她儿时的记忆里，父亲对祖母的孝心给她留下了深刻的印象。

那年祖母卧病在床，张大千听闻消息立即从北平赶回家中。一到家便“扑通”一声跪倒在母亲的病榻前，为自己没能侍奉左右向老母请罪。还没等心庆回过神来，爸爸又转身奔向厨房，回来时手中已端着一盆热水，他替祖母一层层地掀开裹脚布，亲手为她洗脚、剪指甲。之后，他又一边喂母亲吃着自己从北平带回来的糖果，一边为她摆起了龙门阵（四川方言：讲故事），逗得老人家喜上眉梢。

“爸爸当时已在画坛闯出了点名堂，但在自己的母亲面前他放下所有身段，尽一个儿子的孝心。”尽管这件事已经过去了70多年，但父亲为祖母洗脚的那一幕，却是心庆怎么也忘不了的。

一个大家族要和睦相处，必先学会礼让。张大千为人处世，总是把好的东西先给别人。先给朋友，然后才是家人；先给兄嫂，然后才是妻子；先让侄儿侄女，然后才轮到自己的儿女。

心庆5岁那年，三伯父、三伯母从湖北宜昌来苏州看望父亲。回去时，父亲陪着他们到商店买了玩具带回家给他们的孙子。小心庆看到装满一大篮的玩具不是买给自己的，不高兴地噘着一张小嘴。父亲好像猜透了她的心思，把她叫到隔壁小屋说：“你爱你的堂哥吗？”心庆说：“我当然爱。”父亲说：“我也爱我的哥哥，就是你三伯父。爸爸小时候，三伯父总带着我玩，

黄山九龙瀑

现在三伯父来苏州看我，我当然要给他买点东西，给他最爱的孙子买玩具。爸爸给你讲过孔融让梨的故事，你都5岁了，应该懂得这个道理，不要小气。"心庆点点头，好像明白了什么。

甚至在生死关头，张大千还是先人后己，对素昧平生的人倾囊相助。

抗战爆发后，张大千带着三太太和儿子从沦陷的北平辗转来到桂林，并计

山水四联

划从桂林坐飞机返回故乡四川。当时，许多政要富商
都打算取道桂林前往重庆，一时间飞机票十分稀缺。
几经周折，张大千才托朋友买到一张全票和一张半票，
于是决定让太太和孩子先走一步。

　　然而就在收拾行李时，门外突然响起了敲门声。
打开门，一位70多岁的老太太拉着一个小男孩跪在门
前，还没开口说话，泪水就止不住地往下淌。张大千
连忙将这一老一少搀扶起来，请他们慢慢细述来这的
缘由。

　　原来老太太的儿子在重庆一直等着她把孙子送过

去。但是老人在桂林一等就是三个月，怎么也买不到机票。一老一小在桂林举目无亲，也不知道该怎么活下去。听人说张大千买到了两张飞机票，老人就上门央求他把票让给她。

在那个战火纷飞的年代，一日不离开桂林这个是非之地，就要面对多一天的危险。屋内是自己的爱妻亲儿，门外的是素不相识的人。然而，张大千转身进了屋，二话不说将两张机票赠给了老太太。

妻子得知后非常不悦，张大千却笑着宽慰道："我也知道我们很需要机票，可是这位老人比我们更急迫，她人生地疏，还带着孙子，我们都是有父母儿女的人，如果我们的父母儿女也受困于此，我们心里得多着急啊！你应该懂得'老吾老以及人之老，幼吾幼以及人之幼'的道理。"这番话使三太太的怨气顿时消了许多。

在张心庆的记忆中，父亲一生都很尊重人，尤其尊重在他身边工作的普通劳动者，无论是裱画的师傅、为他定做衣服的裁缝，还是家里的雇工。"他常说，工作没有高低贵贱之分，人是平等的。尊重他人，善待他人，就是尊重自己、善待自己。"

有一年，张大千在香港一家酒店下榻，为自己的画展做准备。酒店特意安排了两位年轻的茶房负责照

写来嫩质桃含雨

轻拂长条燕子风

顾他的起居。因为喜爱张大千的画，两位茶房抱着忐忑不安的心情向他求画。原本觉得张大千是大家，肯定希望渺茫，谁料想张大千听后便一口答应，还大笑道："你们年轻人怎么不早说，我还以为你们不喜欢我的画呢！"说着，就铺开纸墨画了起来。

就在张大千作画期间，房里陆续聚集了许多客人。其中一位老先生看画看得入迷，还没等画家放下笔，便高喊着无论多少钱，都要买下。

张大千婉言拒绝说："这画早已'有主'了，我答应过要送给别人。君子一言，驷马难追。如果老先生实在想要，就和这

独自成千古　悠然寄一丘

——国画大师张大千

画的主人私下商量吧。"随即指向两位小茶房。谁知老者见状生气地叫嚣道:"难道我还不如他们吗?"

平日总是和颜悦色的张大千这下有些愠怒了,语气顿时严厉了许多:"文人雅士、达官贵人是我的朋友,平民百姓也是我张大千的朋友。没有这两位小兄弟的悉心照料,我哪有时间专心作画?这画是我特意给他们聊表谢意的。"

"像这样为普通百姓赠画的故事还很多。父亲曾在青城山的山腰上为给他抬滑竿的竿夫画过素描,也给茶餐厅里推点心车的女招待赠过画,还曾为讨一个四川老乡做油条的秘方而用画做交换。"在女儿眼中,父亲张大千虽然以画谋生,但他重情谊,从不吝啬,平民百姓只要喜欢他的画,向他开口,他都一视同仁,不取分文。

"张大千是国画大师,一定腰缠万贯富得流油了。你既然是他的女儿,多的不说,他的画总有两三幅吧?"不知从何时起,"遗产"成了张心庆无论到哪儿都回避不了的问题。

开始张心庆还耐心地对别人解释,现在她手上没有一幅父亲的遗作,就是个一穷二白的"无产阶级",但是大多数人听了都不相信。后来,每当面对这种追问时,张心庆都含笑不语。

一个偶然的机会，张心庆在报纸上看到一则有关父亲的小故事，标题是《张大千——世界上最富的穷人》，张心庆觉得，这是对父亲最贴切的评价。

张心庆记得，20世纪30年代到40年代末，张大千常在各地开画展，收入不菲，完全可以购置田产，住豪门大宅，但奇怪的是，张家上无片瓦，下无寸土，家里的住房全是租借朋友的，张大千也被朋友们戏称为"富可敌国，穷无立锥之地"，常常囊中羞涩，负债累累，经常是借了还，还了借。

张大千的钱究竟去了哪里？

原来，张大千除了供养一大家人，慷慨帮助亲朋好友以外，大部分的钱都用来购买古画。

"父亲特别喜欢古代艺术大家，如石涛、朱耷、唐伯虎、郑板桥等人的作品。只要是真迹，爸爸就不惜重金买下收藏，为此宁可不吃不喝不睡，甚至搭上了安家置地的本钱。买来后就不断地钻研、临摹，提高自己的艺术造诣。渐渐地，他成了一名古画收藏家和鉴定家。"

"在临摹敦煌壁画时，父亲不知花了多少财力、物力，还向银行贷款，听说把一家私人银行都拖垮了。他夜以继日地在敦煌洞窟里画呀画，进敦煌时满头青丝，回来时两鬓斑白，那时他才40多岁。"在张心庆

张大千书法作品

的记忆中，父亲永远将艺术放在第一位。

正是由于张大千研究透了古人的创作技法，又在此基础上发展出了自己的艺术风格，发明了泼墨、泼彩的创作技法，师古不泥，化之为我，才真正地成为一位博古通今、自成一体的大家。

据张心庆介绍，1952年张大千离开香港侨居海外，正是经济上最困难的时候，张大千却把身边最珍贵的古画《韩熙载夜宴图》《潇湘图》《万壑松风图》以及一批敦煌卷子、古代书画等珍贵文物，以极低的价格半卖半送给了一位朋友，使这些国宝留在了中国大陆。当时美国人也出高价要买。张大千说："这三幅古画是中国的珍宝，不能流入外国人手中。我不能让后人谴责，我虽不能流芳千古，但绝不做遗臭万年的事情。"

1954 年，张心庆的母亲又将丈夫在敦煌临摹的279幅壁画全部捐给了四川省博物馆，获得了远在海外的丈夫的支持，直称妻子做得很对。

1983 年 4 月 2 日，张大千在台北病逝，他把自己生前留下的许多古画和古籍，捐给了中国大陆和台北的博物馆，就连他的住所"摩耶精舍"也一并捐赠了。

"我始终认为爸爸对我们的爱、对家庭的爱只是'小爱'，他对别人、对国家的爱才是'大爱'。这'大爱'里，有父亲宽广的情怀。他不仅仅属于我们，他更属于我们的民族，属于全世界、全人类。"张心庆感叹道。

以宽广的胸怀爱万物，以宽厚感恩的心待世人，这是最值钱的遗产。

独自成千古 悠然寄一丘

——国画大师张大千

"我的子女很多，在所有孩子中，你最老实、最憨厚，说句不好听的，你最笨、最傻，所以爸爸也最担心你。爸爸又怎么会不爱你？"这是张大千曾对张心庆说的一段话。

小时候，父亲总是称心庆"莽女"，因为在姊妹中她最憨直，然而张心庆善良直爽的性格又是最像父亲的。

自从1949年张大千离开大陆后，张心庆和父亲聚少离多。直到1983年父亲在台北去世，这数十年间，心庆和父亲也只见过一次面。就连父亲过世时，她也未能前往见上最后一面。

在张心庆内心深处一直觉得，国画是父亲生命中最重要的东西，他不可能常常想着她。但是，张心庆没有想到，父亲在晚年最牵挂的竟然还是她。

1982年，张心庆作为成都市人大代表参加会议时，休息期间突然有一个人来看望她，说是受在台北的大千先生委托。张心庆知道，父亲委托要看望的人很多，但父亲交代来人，其他人可以不去看，但张心庆必须替他找到。"我一直以为自己是个无足轻重、不懂事的傻丫头，但没想到父亲是那样地疼我、牵挂我。当时我的眼泪就下来了。"

虽然，晚年的张心庆手中没有一幅张大千的真迹，也没有外人想象的那样，借着张大千的遗产过着优越的生活，但在简朴的生活中，在静心撰写父亲的回忆录中，张心庆获得了精神上的快乐和满足。

她在《给天堂里爸爸的信》一文中写道："一个人没有开阔的心胸，怎画得出雄伟壮丽的山河？不喜爱动物飞禽，怎画得出奔腾的骏马、可爱的小鸟？不热爱大自然，怎画得出参天的大树、美丽的花朵……父亲以宽广的胸怀爱世界上的万物，以一颗宽厚感恩的心对待世界上的人。爸爸，这些才是您留给我的最最值钱的遗产。"

张大千纪念馆

独自成千古　悠然寄一丘

——国画大师张大千

中华魂·百部爱国故事丛书

提　要

《誓与禁烟相始终——民族英雄林则徐》

林则徐严禁鸦片，坚决抵抗西方列强的侵略，坚持维护国家主权和民族利益。他是中国近代历史上第一位睁眼看世界的人，是抗击帝国主义殖民侵略的第一人，是中华民族抵御外侮过程中伟大的民族英雄。

《血洒虎门御敌寇——抗英将军关天培》

民族英雄关天培，在第一次鸦片战争中为了抗击英国侵略者的入侵而血洒虎门，为国捐躯，谱写了一曲可歌可泣的英雄赞歌。关天培用他的生命，书写了中国人民反抗外侮的历史。

《威震镇海靖节魂——抗敌英雄裕谦》

在第一次鸦片战争期间的众多牺牲者中，有一位官阶最高，他就是两江总督裕谦。裕谦与外国侵略者斗争立场坚定，与国内妥协派、投降派斗争态度坚决。裕谦督战镇海，与英国侵略军浴血奋战，临危不惧，以身报国，浩气长存。

《斩邪留正解民悬——太平天国领袖洪秀全》

农民出身的洪秀全，从失意文人到起义领袖，经历了长期的思想演变过程，在外敌入侵、清朝政府腐朽的历史环境之下，顺应时代的潮流，成长为一位非凡的历史英雄人物，建立了与清朝政府相抗衡的农民政权——太平天国。

《仰承汉唐　荟萃中外——近代数学家李善兰》

李善兰是我国19世纪重要的科学家之一，在数学、天文学、力学等方面都有重大建树。他继承了我国古代数学的成就，又以极大的热情传播西方科学文化，"仰承汉唐，荟萃中外"，把自己的一生献给了科学事业。

《严谨治学　勇于探索——近代著名数学家华蘅芳》

华蘅芳，中国近代数学家之一。其精通中国古算学，并熟练掌握西方近代数学，是中国验证抛物线并著书立说的参与者。为了证明"外国有的，中国也能造"而鞠躬尽瘁，在引进西方科学技术、传播科学知识上贡献卓著。

《折冲樽俎护山河——近代著名外交家曾纪泽》

曾纪泽是中国近代史上著名的爱国外交家，在中俄伊犁交涉事件中，他秉承抵抗列强、保卫国家的坚定意志，利用外交手段全力同沙俄抗争，捍卫了国家主权、民族尊严，收回了祖国的领土，在近代中国外交史上留下了光辉的一页。

《甲午海战留英名——民族英雄邓世昌》

邓世昌，北洋水师名将。本书以邓世昌的成长过程为线索，以代表性的历史故事为主要内容，还原真实的历史事件，突出鲜明的人物性格。邓世昌因在中日甲午海战中突出的英雄气概而名垂史册，书写了伟大的爱国主义篇章。

《誓与舰队共存亡——北洋水师提督丁汝昌》

丁汝昌处在清朝政府的腐朽和李鸿章的专断下，难以施展爱国的抱负，壮志未酬，愤恨而终。但丁汝昌为建立近代海军作出的巨大贡献，带领北洋舰队爱国官兵勇抗强敌的英雄事迹，将永远为后代所传颂。

《镇南关上凯歌扬——抗法老英雄冯子材》

1885年中法战争中，年逾古稀的冯子材为抵御外国侵略，勇赴国难，大败法军于镇南关，并乘胜追击，接连收复文渊、谅山等地，从根本上扭转了中法战争的局面，成为近代民族英雄的杰出代表。

《屡败法军逞英豪——黑旗军将领刘永福》

刘永福是黑旗军的创建者，是农民出身的杰出军事家、政治活动家。在19世纪发生的援越抗法、中法战争中，他率部与帝国主义侵略者进行了殊死的战斗，建立了卓越的功勋，成为我国近代史上著名的民族英雄，为后世所景仰。

《矢志变法强国家——戊戌变法领袖康有为》

康有为是清末民初最有影响力的思想家之一。他领导了中国知识界的启蒙运动，掀起了一场自上而下的政体改革。他最早在中国提出了立宪政体和具体的宪政方案，主张在坚持儒家传统和帝制的前提下，学习西方经验，他的进步思想对近代中国具有深远的影响。

《开民智以报国　普新知而图强——戊戌变法思想家梁启超》

梁启超，中国近代史上著名的政治活动家、启蒙思想家、史学家、文学家，戊戌变法领袖之一。本书以百日维新思想家梁启超的成长过程为线索，以代表性的历史故事为主要内容，还原真实的历史事件，突出鲜明的人物性格。

《我自横刀向天笑——维新志士谭嗣同》

谭嗣同在民族危机的严重时刻，投身改革救中国的洪流。为了带给祖国一个光明的未来，紧要关头，他挺身而出，用自己的鲜血激励后人，把宝贵的生命献给了变法事业。

《睡乡敢遣警世钟——用生命警策国人的陈天华》

陈天华是民主革命的活动家和宣传家。他写的《猛回头》《警世钟》等书，起到了革命启蒙的重大作用。为了激发留日学生的爱国情怀，他不惜投海自杀，演出了近代史上感人至深的一幕，给后人留下了难忘的印象。

《革命军中马前卒——民主斗士邹容》

革命乃"至尊极高，独一无二，伟大绝伦之一目的"；它是"天演之公例，世界之公理，顺乎天而应乎人"的伟大行动。因此，必须"仗义群兴革命军"。他激情高呼："革命独子万岁！中华共和国万岁！"这就是《革命军》的作者，中国近代著名资产阶级革命宣传家邹容。

《休言女子非英物——鉴湖女侠秋瑾》

为民族解放和妇女解放而英勇斗争的秋瑾，冲破封建礼教的思想牢笼，打碎封建精神枷锁，崇仰真理，追求光明，主张共和，坚持男女平等，最终献出了自己年轻的生命。

《血溅校场　杀身成仁——民主斗士徐锡麟》

本书讲述了反清志士徐锡麟弃文从武、投身反清革命事业，最终被清政府杀害的故事。出于对国家的热爱，徐锡麟献出自己的生命，他的事迹将永远激励后人深切缅怀这位民主革命的先驱。

《生可死耳　我志长存——献身民主的禹之谟》

禹之谟，民主革命党人，同盟会会员，近代资产阶级革命家、实业家。1886年，20岁的禹之谟"提三尺剑，挟一卷书"游历四方，研究西方社会政治学说，忧国忧民之心日趋强烈。戊戌变法失败，他丢掉改良幻想，倡革命救亡之说，走上民主革命道路。

《物竞天择　适者生存——资产阶级启蒙思想家严复》

严复是中国近代著名的启蒙思想家、翻译家和教育家。他长期从事教育和翻译事业，为近代中国人才培养和思想启蒙做出了重要贡献，同时他也为中国的翻译事业和中西思想文化交流做出了重要贡献。

《辛亥革命急先锋——资产阶级革命家黄兴》

黄兴，清末民初资产阶级革命家，中华民国开国元勋。黄兴在武昌首义及辛亥革命时期的爱国表现，与孙中山闻名于当时，常被时人以"孙黄"并称。本书以资产阶级革命活动实干家黄兴的成长过程为线索，歌颂了先辈伟大的爱国主义精神。

《矢志革命　百折不回——近代民主革命家廖仲恺》

廖仲恺追随孙中山踏上了创立民国与捍卫共和制的旧民主主义革命

国画大师张大千

独白成千古　悠然寄一丘

之路；在新民主主义革命时期，他为建立、巩固首次国共合作和实施三大政策，英勇奋斗，为国殉职，洒尽了一腔热血。

《将军拔剑南天起——护国英雄蔡锷》

蔡锷是中国近代史上的杰出军事家、爱国者。他的一生短暂而伟大。辛亥革命爆发，他毅然投身于革命洪流之中，领导云南重九起义，对武昌起义积极响应。袁世凯窃国复辟、恢复帝制的阴谋暴露出来以后，他又毅然举起了武装讨袁的旗帜。

《反帝反封建运动——五四青年的爱国故事》

五四运动是一次伟大的反帝反封建的爱国运动；是一个伟大的历史转折点；是中国人民的斗争从挫折走向胜利的一个关节点，它为中国的前进开辟了一条全新的道路，拉开了中国新民主主义革命的序幕。

《思想自由 兼容并包——著名教育家蔡元培》

蔡元培是中国近现代著名的民主革命家和教育家，一生经历风雨，却始终信守爱国和民主的政治理念，致力于废除封建主义的教育制度，奠定了我国新式教育制度的基础，为我国教育、文化、科学事业的发展做出了富有开创性的贡献。

《为国家争光 为民族争气——中国铁路之父詹天佑》

詹天佑是我国最早的杰出铁道工程师，因主持建造京张铁路而闻名中外，被誉为"中国铁路之父"。他为祖国的铁路事业贡献了毕生的精力。本书向读者展示了詹天佑热爱祖国、科技兴国的辉煌人生。

《实业救国 衣被天下——轻工之父张謇》

张謇是爱国实业家、教育家。他年轻时中过状元。过了40岁，开始投身工商实业活动中，他的名言是"富民强国之本在于工"。在南通，创办大生丝厂、银行等各种实业。并将创办实业的大部分所得投入教育。他的观点是，教育和实业一样，也是"富强之大本"。

《心向革命 追求光明——平民将军冯玉祥》

冯玉祥将军"是一位从旧军人转变而成的坚定的民主主义战士"。

抗日战争期间，他辗转各地，用实际行动积极抗战。日本战败投降后，他为了断绝美国的援蒋内战，又在美国四处演说，揭露蒋介石统治之黑暗，痛斥美国阴谋分裂中国的不良行为。

《刑场上的婚礼——革命烈士周文雍　陈铁军》

周文雍是广州起义的主要领导人之一。陈铁军出身于华侨商人家庭，却毅然投身革命洪流。1928年1月，两人接受派遣，回到广州假扮夫妻从事革命斗争，却不幸被捕。临刑前，两位烈士将敌人的枪声当作自己婚礼的礼炮，用生命和爱情谱写出一曲千古绝唱。

《星星之火　可以燎原——井冈山斗争的故事》

1927—1929年，毛泽东、朱德等老一辈革命家，在井冈山创建了农村革命根据地，进行了艰苦卓绝的斗争，建立了新型革命武装，点燃了工农武装革命之火，找到了农村包围城市最后夺取政权的中国革命的正确道路。

《新民学会的主要发起人——中国共产党早期革命家蔡和森》

蔡和森青年时期曾与毛泽东等人一起组织进步团体新民学会，参加五四运动，并在赴法国勤工俭学时研读大量马克思主义著作，回国后以满腔热忱投身革命事业，成为中国共产党早期重要的理论家和宣传家。

《威震黄浦江畔　高奏抗日壮歌——一·二八淞沪抗战》

面对日本侵略者的挑衅，十九路军在蒋光鼐、蔡廷锴的带领下，高举义旗，奋力一搏。一·二八淞沪抗战，是中国军人捍卫军人荣誉和祖国尊严所发出的吼声，谱写了一曲抗击日军侵略的英雄壮歌。

《将军恨不抗日死——慷慨就义的吉鸿昌》

在国难深重的20世纪30年代，吉鸿昌将军因拒绝执行国民党指示，坚决不打内战，被迫携眷出国"考察"。回国后，他加入中国共产党，组织了民众抗日同盟军，英勇打击日本侵略者，后于1934年11月被国民党反动派杀害。

《献身革命　甘于清贫——梅岭忠魂方志敏》

大革命失败后，方志敏凭着"两条半步枪"起家，身经百战，创建了赣东北革命根据地和红十军。本书真实记录了方志敏投身于革命、领导红军和敌人进行艰苦卓绝斗争的经历，歌颂了烈士贫贱不移、威武不屈、献身革命的高尚品质。

《奏响中华最强音——人民音乐家聂耳》

聂耳在他有限的生命中创作了数十首革命歌曲，在抗日救亡运动中，聂耳的这些歌曲产生了广泛深远的影响。他的音乐创作为中国无产阶级革命音乐的发展指明了方向，树立了榜样。

《横眉冷对千夫指——中国文化革命主将鲁迅》

鲁迅不但是伟大的文学家，而且是伟大的思想家和伟大的革命家。在那风雨如晦的黑暗年代里，他以笔为投枪，同一切帝国主义和反动派进行了顽强的战斗，为中国人民树立了一个不朽的丰碑。他是新文化战线上的一面光辉旗帜，是我们伟大民族的灵魂。

《铁流两万五千里——红军长征的故事》

红军长征是人类历史上的一次伟大的壮举。第五次反"围剿"失败后，中国工农红军的三大主力在极端艰难的条件下，突破国民党军队的围追堵截，进行了史无前例的战略大转移，总行程达两万五千里以上。途中发生了许多动人故事，至今令人难以忘怀。

《荣辱不移革命志——创建陕北红军的刘志丹》

刘志丹是杰出的无产阶级革命家、军事家，西北红军和西北革命根据地的主要创始人之一。他一生热爱人民，追求真理，英勇善战，百折不挠，艰苦奋斗，忠心赤胆，为创建红军和革命根据地、为中国人民的解放事业建立了不可磨灭的功勋。

《英名永存北平城——爱国将领佟麟阁　赵登禹》

1937年7月28日，日军向北平郊区发动进攻。第二十九军副军长佟麟阁奉命在南苑率部与日军苦战，腿部受伤，头部被敌机炸伤，壮烈殉国。第一三二师师长赵登禹指挥部队顽强抵抗日军，右臂中弹负伤，仍继续作战。后在转移途中遭日军截击而牺牲。

《八百壮士　四行仓库铸军魂——谢晋元和他的战友们》

八一三抗战，中国军人以血肉之躯揭开全面抗战的帷幕。这是一场血战，是中国军人不屈不挠的英雄诗篇，其中的八百壮士守四行，成为这首英雄颂歌中最动人、最凄美的音符。一曲四行保卫战，铸就了不屈的军魂。

《八女投江　气贯长虹——八位抗联女战士》

抗日战争时期，以冷云为首的东北抗日联军8名女战士，为捍卫民族尊严，面对凶残的日寇，镇定自若，宁死不屈，投江殉国，表现了中华民族同敌人血战到底的英雄气概。她们的光辉形象，激励着千千万万的后来人。

《艰苦抗战　威震敌胆——著名抗日英雄杨靖宇》

杨靖宇将军是我国著名的抗日民族英雄。曾先后担任磐石游击队政治委员、东北抗日联军第一军军长兼政委、抗日联军总司令等职。领导军民对日寇坚持了长达9个年头的艰苦卓绝的斗争，最终以身殉国。

《死也不当亡国奴——镜泊抗日英雄陈翰章》

陈翰章，从1932年8月投笔从戎，直到1940年12月8日为抗击日本侵略者，战死在镜泊湖畔。他在抗日疆场上奋战了九年，他那可歌可泣的英雄事迹将为人们永世传颂。

《名将殉国　气壮山河——抗日将军张自忠》

著名抗日将领、民族英雄张自忠，生于忧患的时代，抱有"宁为百夫长，胜作一书生"的志向，经历过失败与低谷，最终成就了慷慨人生。本书主要以人物活动为主，勾画出一个真正的"民族魂"鲜活的人生，会带给读者振奋的力量。

《宁死不辱战士名——狼牙山五壮士》

1941年日寇在河北易县"扫荡"。为掩护群众和主力部队撤退，五位八路军战士毅然把敌人引上了狼牙山棋盘坨峰顶绝路。弹尽粮绝、无路可退，五位英雄纵身跳下了万丈悬崖，用生命和鲜血谱写出一曲惊天地泣鬼神的壮举。

《太行浩气传千古——抗日名将左权》

左权，中国工农红军和八路军高级指挥员，著名军事家。是八路军在抗日战场上牺牲的最高指挥员。名将阵亡，太行山为之垂首，全党为之悲痛。周恩来称他"足以为党之模范"，朱德赞誉他是"中国军事界不可多得的人才"。

《虎将兴关外　抗倭统雄师——抗联英雄赵尚志》

本书描写了久经考验的共产党员、东北抗联的创建者和主要领导人赵尚志，在艰苦卓绝的条件下，坚持抗战，威震敌胆，战功卓著，忍辱负重，忠贞不屈，为国捐躯的英雄故事，为青少年读者呈上一部爱国主义的佳作。

《黄埔之英　民族之雄——抗日名将戴安澜》

抗日名将戴安澜，先后参加保定、漕河、台儿庄、武汉、昆仑关等战役，作战英勇，屡建奇功；入缅作战，"扬威国外，藉伸正义"；守东瓜，复棠吉；殒身缅北，遗恨丛林，马革裹尸，成就了光辉的一生。

《爱国志士　民主先锋——新闻出版家邹韬奋》

本书讲述了邹韬奋献身新闻出版事业的奋斗历程，展现了一位新闻工作者坚定的革命信念和炽热的爱国主义精神，全心全意为人民服务、为读者服务的奉献精神，歌颂了他的高尚情操和优良品质。

《为抗战发出怒吼——人民音乐家冼星海》

人民音乐家冼星海，青年时期在巴黎求学，饱尝屈辱与磨难；学成后毅然回到多灾多难的祖国，用满腔热忱谱写激昂的音乐，鼓舞中华儿女的斗志；奔赴延安，谱写出不朽的名作《黄河大合唱》，发出中华民族抗日救亡的怒吼。

《全民皆兵　抗击日寇——抗日战争的故事》

中国人民进行的十四年抗战，是一百多年来中国人民反对外敌入侵第一次取得完全胜利的民族解放战争。这场战争是以国共两党合作为基础，有社会各界、各族人民、各民主党派、抗日团体、社会各阶层爱国人士和海外侨胞广泛参加的全民族抗战。

《捧着一颗心来　不带半根草去——人民教育家陶行知》

陶行知是我国现代教育史上伟大的人民教育家、教育思想家。他从青年起就立志献身教育事业，以"捧着一颗心来，不带半根草去"的赤子之心，为人民的教育事业鞠躬尽瘁。

《为民主与和平拍案而起——民主斗士闻一多》

闻一多早年与梁实秋等人发起成立清华文学社。赴美留学期间由对祖国的深深眷恋而创作著名的《七子之歌》。后在西南联大任教8年，积极投身于抗日运动和争取民主的斗争，发表了著名的《最后一次讲演》。

《铁窗难锁钢铁心——革命先烈王若飞》

王若飞是我党早期杰出的无产阶级革命家。在艰苦卓绝的斗争中，他出生入死，屡建奇功，以超人的睿智和胆略，在敌人的监狱中，同敌人展开了殊死的较量，为抗战的胜利和新中国的诞生做出了卓越的贡献。

《横扫千军　还我河山——抗联名将李兆麟》

李兆麟是东北抗日联军创建人之一，他率领抗日联军历尽千难万险与日本侵略者浴血奋战，在极其艰苦的条件下，保存了抗日联军的有生力量，为东北光复做出了重大贡献。

《锄头开出新天地——解放区大生产运动》

为了解决困难，渡过难关，党中央号召党政军民齐动手，开展大生产运动。中国共产党在其控制区域内发动的一场军队屯田和鼓励生产的群众运动，达到了自己动手丰衣足食，共度难关，既进行革命又进行生产自足的目的。

国画大师张大千

独自成千古　悠然寄一丘

《生的伟大 死的光荣——女英雄刘胡兰》

刘胡兰，坚贞不屈的少年女英雄。生前对我国劳动人民的解放事业无限忠诚，在敌人威胁面前，大义凛然，毫无惧色，英勇牺牲，表现了共产党员的高贵品质。

《饿死不领美国救济粮——爱国知识分子的楷模朱自清》

朱自清作为爱国知识分子的典型，以锐利的笔锋直言痛斥反动政府的暴行，体现了他崇高的爱国情怀和不畏恶势力的精神品格。毛泽东曾给朱自清先生以高度评价："一身重病，宁可饿死，不领美国的'救济粮'"，"表现了我们民族的英雄气概"。

《为了新中国前进——舍身炸碉堡的董存瑞》

伟大的英雄，中国人民的儿子董存瑞，从儿童团长成长为一名光荣的解放军战士，在1948年解放隆化县城时，舍身炸碉堡，为新中国献出了自己年轻的生命。他的英雄形象永远留在人民心里。

《宁死不屈的共产党员——革命烈士江竹筠》

江竹筠，就是著名的江姐。1947年春，她负责《挺进报》工作，只几个月的时间，报纸就发行到1600多份，引起了敌人的极大恐慌。由于叛徒出卖，江姐不幸被捕，惨遭毒刑的残酷折磨，仍坚贞不屈。最后被特务秘密枪杀，年仅29岁。

《抗美援朝 保家卫国——志愿军的战斗故事》

抗美援朝战争是中国人民志愿军为援助朝鲜人民、保卫祖国安全，与美国为首的"联合国军"发生的战争。在朝鲜牺牲的志愿军烈士们，他们英勇的战斗事迹、保家卫国的精神值得我们发扬光大。

《上甘岭上壮烈歌——黄继光和他的战友们》

在1952年10月的上甘岭战役中，黄继光和他的战友们在零号阵地半山腰被敌机枪火力点压制，此时，黄继光身上已经多处负伤，手雷也已全部用光。为了完成任务，减少战友的伤亡，他用自己的胸膛堵住正在扫射的敌机枪射孔，为反击部队扫清了前进的道路。

《诗书印画　全入神品——国画大师齐白石》

齐白石出身贫寒，做过农活，当过木匠，后改学雕花木工，从民间画工入手，摹古人真迹，学诗文书法，融汇古今，而诗、书、印、画俱佳；他将中国画的精神与时代的精神统一得完美无瑕，使中国画得到国际的重视，无愧于"国画大师"的称号。

《毕生为文化而奋斗——中国第一出版家张元济》

张元济参与、主持和督导商务印书馆近六十年，使其从简单的印刷企业转变为当时中国教育出版的旗帜。张元济一生爱书，在中华大地动荡不安的年代里，他用自己对文化的热爱，续存着中华民族灿烂悠久的文明之光。

《独树一帜　梨园大师——著名京剧表演艺术家梅兰芳》

梅兰芳，京剧大师，演唱风格独树一帜，世称"梅派"。曾先后赴日本、美国、苏联演出，并荣获美国波摩那学院和南加州大学的荣誉文学博士学位。作为一位爱国者，抗战期间蓄须明志，拒绝为日本人演出，为后世称颂。

《华侨旗帜　民族光辉——爱国侨领陈嘉庚》

陈嘉庚是著名的爱国华侨领袖、企业家、教育家、慈善家、社会活动家。他为辛亥革命、民族教育、抗日战争、解放战争、新中国的建设做出了卓越的贡献。生前被毛泽东誉为"华侨旗帜、民族光辉"。

《向雷锋同志学习——伟大的共产主义战士雷锋》

雷锋，一个平凡而伟大的共产主义战士，一心向着党，一生秉承着全心全意为人民服务、无私奉献的崇高思想；发扬刻苦学习和钻研理论的"钉子"精神；坚持勤俭节约、艰苦奋斗的优良作风。毛泽东为其题词："向雷锋同志学习。"

《人民的好公仆——县委书记的好榜样焦裕禄》

焦裕禄，被誉为县委书记的好榜样。他用自己的革命精神，展开了与大自然、与社会落后现象、与病魔的多重抗争，让我们领略到一

独自成千古　悠然寄一丘

个共产党人的生之伟大、死之壮美的人格品质和具有现实教育意义的精神魅力。

《文学巨匠　京味大师——人民作家老舍》

老舍是我国现代小说家、文学家、戏剧家。他用融入骨髓的真诚文字反映生活的喜怒哀乐。老舍的一生，总是在忘我地工作，他是文艺界当之无愧的"劳动模范"，生前被北京市人民政府授予"人民艺术家"的称号。

《革命老人——无产阶级教育家徐特立》

徐特立是一代伟人毛泽东的老师。他出生在贫苦家庭，大部分时间生活在动荡艰苦的年代；他刻苦勤奋，不畏艰辛，追求光明，一生勤俭，为革命培养了大量的人才；他对党和人民任劳任怨，鞠躬尽瘁。他坎坷奋斗的一生，留下了许多可歌可泣的故事。

《人生能有几回搏——新中国第一个世界冠军容国团》

容国团先后担任中国乒乓球队运动员、女队主教练。获得1959年男子单打世界冠军；1961年夺得男子团体世界冠军；作为中国女队主教练，1965年率女队第一次夺得女子团体世界冠军。他的"人生能有几回搏"的豪言，举国传诵。

《石油工人一声吼　地球也要抖三抖——铁人王进喜》

王进喜，新中国第一批石油钻探工人。他为祖国石油工业的发展和社会主义建设立下了不朽的功勋，在创造了巨大物质财富的同时，还给我们留下了宝贵的精神财富——铁人精神。他被评为"百年中国十大人物"，写入中华民族的光辉史册。

《做人民需要我做的事——著名地质学家李四光》

李四光是一位伟大的科学家，他一生从事地质学研究工作，足迹遍布祖国的山川，为祖国探明了许多地下宝藏；他创建了崭新的学说——地质力学；他历尽重重困难，为正确认识地质构造开辟了一条新路。

《中国化学工业的先驱——著名化学家侯德榜》

为摆脱纯碱需要进口的窘况，20世纪初，怀着"实业救国"梦想的中国化工先驱侯德榜等人创办了永利碱厂，并立志生产出中国人自己的碱。1926年，永利碱厂终于成功地生产出"红三角"牌纯碱，从此中国制碱业得以跨入世界先进行列。

《毕生求是　一丝不苟——著名科学家竺可桢》

著名科学家竺可桢献身科学研究；治学严谨，一丝不苟；一生廉洁，两袖清风；作风民主，爱护学生。他以爱国之心、报国之志，从一个民主主义者逐渐成长为一个共产主义战士。

《热爱自然的大地之子——著名植物学家蔡希陶》

蔡希陶，五十载风雨，五十载坎坷，五十载奋斗，五十载开拓，为了发现对人类生产、生活有用的植物及新物种的引进而做出巨大贡献，在中国的植物资源学史上将永远镌刻着他的名字。

《高洁无私的襟怀——知识分子的楷模蒋筑英》

蒋筑英是中国当代知识分子的先锋典范，他不为名，不为利，尊重科学；他以坚忍的毅力和顽强的作风，在科学的道路上呕心沥血，鞠躬尽瘁，无私地奉献了青春和生命。

《迎接新生命的天使——卓越的妇产科专家林巧稚》

林巧稚是国内外享有盛誉的妇产科专家。在五十多年的医学教育和临床实践中，林巧稚亲自接生了五万多婴儿，治愈了数千病人，培养了数以百计的专门人才，为我国的妇女儿童事业做出了不可磨灭的贡献。

《独自成千古　悠然寄一丘——国画大师张大千》

张大千是20世纪中国画坛最具传奇色彩的国画大师，无论是绘画、书法、篆刻、诗词无所不通。在艺术界深得敬仰和追捧，艺术家们用真挚的感情，用绘画和雕塑展现了"张大千"多彩的艺术形象。

《建造中国的通天塔——著名数学家华罗庚》

中国当代著名数学家华罗庚，为中国数学的发展做出了无与伦比的贡献，他是中国解析数论、典型群、矩阵几何等多方面研究的创始人与开拓者，也是我国最早将数学理论研究与生产实践紧密结合的科学家。

《问鼎长天　强我国威——两弹元勋邓稼先》

邓稼先是我国著名科学家，参加组织和领导我国核武器的研究、设计工作，从对原子弹、氢弹原理的突破和试验成功及其武器化，到新的核武器的重大原理突破和研制试验，作出了重大贡献。是我国核武器理论研究工作的奠基者之一，被誉为"两弹元勋"。

《敢叫天堑变通途——桥梁专家茅以升》

中国著名的桥梁专家茅以升从小立志为祖国建造桥梁，经过不懈努力，他不仅设计建造了一座座宏伟壮观、坚固实用的道路桥梁，而且搭建了一座座友谊之桥，为祖国建设作出了卓越贡献。

《蘑菇云之梦——核物理学家钱三强》

被誉为"中国原子弹之父"的核物理学家钱三强，更名后立志于科技报国；24岁投师于世界著名核物理学家居里夫妇；与夫人何泽慧合作，发现铀的"三分裂""四分裂"现象；统领我国的原子大军，做了大量创造性工作。

《两离桑梓地　满怀雪域情——领导干部的楷模孔繁森》

孔繁森，是一位一尘不染、两袖清风的好干部。两次进藏工作，历时十载，为西藏的建设、发展和稳定作出了突出的贡献。1994年11月，孔繁森不幸以身殉职。人民群众称他为新时期领导干部的楷模。

《摘取数学皇冠上的明珠——著名数学家陈景润》

陈景润是享誉世界的数学家，为了证明"哥德巴赫猜想"，他以惊人的毅力在数学领域里艰苦跋涉，终于攻克了世界著名数学难题"哥德巴赫猜想"中的"1＋2"，创造了中国乃至世界数学史上的辉煌。

《学术独步　饮誉四海——享有国际威望的科学家卢嘉锡》

卢嘉锡是一位在国际科学界享有崇高威望的物理化学家、化学教育家和科技组织领导者。1945年，卢嘉锡满怀"科学救国"的热忱回到祖国，对中国原子簇化学的发展起了重要推动作用，他所指导的新技术晶体材料科学研究，也取得了重大成绩。

《德艺双馨　梨园楷模——著名豫剧表演艺术家常香玉》

常香玉1941年赴陕甘演出。1948年在西安创办香玉剧社。1951年为支援抗美援朝，率剧社巡回西北、中南、华南各地演出，以演出收入捐献"香玉剧社号"战斗机一架，素有"爱国艺人"之誉。

《文学大师　激流勇进——著名作家巴金》

本书以巴金生平和主要事迹为线索，回顾和展示现代著名作家巴金的一生，以期让人们看到巴金在这风云变幻的100多年中，有过成功的欢欣，有过屈辱的磨难，有过痛苦的忏悔，有过平静的安宁。巴金的人生，映照着一代中国五四知识分子坎坷而不平凡的命运。

《壮心系科学　孜孜为国昌——理论化学家唐敖庆》

本书讲述了唐敖庆从出国求学、学业有成、回国任教，到服从安排、艰苦工作、刻苦钻研，最终成为中国量子化学奠基者的过程。让人们看到了这位著名化学家的赤心爱国、严谨治学、大公无私的崇高品格和科研上的卓越成就。

《中国导弹之父——著名科学家钱学森》

当第一颗原子弹升空的时候，当中国的人造卫星奏响《东方红》的时候，当中国运载火箭腾空而起的时候，当中国研制的导弹准确命中目标的时候，人们都会想起他的名字：中国导弹之父钱学森。

《中国近代力学的奠基人——著名科学家钱伟长》

钱伟长曾以中文和历史两个100分的成绩考入清华大学。九一八事变后，钱伟长毅然放弃了文科的学习而转为理科。他是中国近代力学、应用数学的奠基人之一，在固体力学、流体力学以及航空航天领域，取

国画大师张大千

独自成千古　悠然寄一丘

得了卓越的成就，为新中国的现代化建设付出了毕生的精力。

《中国光学科学的奠基人——著名科学家王大珩》

王大珩是我国著名的科学家，中国光学科学的奠基人。他先在清华就读，后赴英国求学，学业有成，立志科学救国，其成就享誉神州。他以科学的求是精神和赤诚的爱国情怀，探索着中国光学发展的闪光之路。